Bianca

Maggie Cox
Marcado por su pasado

HARLEQUIN

Editado por HARLEQUIN IBÉRICA, S.A.
Núñez de Balboa, 56
28001 Madrid

© 2012 Maggie Cox. Todos los derechos reservados.
MARCADO POR SU PASADO, N.º 2233 - 22.5.13
Título original: What His Money Can't Hide
Publicada originalmente por Mills & Boon®, Ltd., Londres.

I.S.B.N.: 978-84-687-2733-2
Depósito legal: M-7223-2013
Editor responsable: Luis Pugni
Fotomecánica: M.T. Color & Diseño, S.L. Las Rozas (Madrid)
Impresión en Black print CPI (Barcelona)
Fecha impresion para Argentina: 18.11.13
Distribuidor exclusivo para España: LOGISTA
Distribuidor para México: CODIPLYRSA
Distribuidores para Argentina: interior, BERTRAN, S.A.C. Vélez
Sársfield, 1950. Cap. Fed./ Buenos Aires y Gran Buenos Aires,
VACCARO SÁNCHEZ y Cía, S.A.

Capítulo 1

ES TODO esto tal y como lo recordaba, señor Ashton?

La inocente pregunta de Jimmy, el chófer, mientras conducía a Drake a través de un lugar que no le resultaba grato, lo desgarró por dentro. Sí, el lugar en el que nació seguía siendo tan aburrido y deprimente como lo recordaba. Su memoria no le había mentido.

Miró a través de los cristales tintados del vehículo y vio los ruinosos edificios y el ambiente de desesperación que flotaba en el aire. Entonces, experimentó una sensación en la boca del estómago que se parecía mucho a las náuseas. ¿Acaso estaba loco pensando en regresar a aquel lugar cuando allí solo había experimentado sufrimiento y dolor? Resultaba increíble que él hubiera accedido a que su estudio de arquitectura aceptara un contrato del ayuntamiento de aquella localidad para construir unas viviendas de precio asequible y de una estética agradable que sirvieran para atraer nuevos residentes a la zona.

Él lo atribuía a un momento de locura. Ni siquiera podía entender por qué nadie en sus cabales querría vivir en aquel agujero. Mientras sus ojos grises observaban las deprimentes escenas que pasaban por delante de ellos, los dolorosos recuerdos del pasado se los llenaron de lágrimas.

Salió de su ensoñación y se dio cuenta de que Jimmy seguía esperando una respuesta.

–Sí, siento decir que sigue siendo exactamente igual de como lo recordaba.

–Ciertamente le vendría bien que le lavaran un poco la cara –respondió Jimmy mirándolo a través del retrovisor.

–¿Dónde te criaste tú, Jimmy? –le preguntó Drake.

–Nací y crecí en Essex. Mi familia no tenía mucho dinero, pero conseguimos salir adelante. Hubo de todo, sonrisas y lágrimas –respondió con una sonrisa.

Drake se obligó también a sonreír. Le habría gustado decir lo mismo de su infancia, pero, después de que su madre los abandonara, no había habido muchas sonrisas en su casa. Lo había criado su padre, pero lo había hecho con ira y resentimiento, lo que había enseñado a Drake a no exigir nunca demasiado. Incluso las peticiones más básicas enfurecían a su padre y lo transformaban en un ser especialmente cruel. Por eso, Drake aprendió muy pronto a ser autosuficiente y a encontrar sus propios recursos. No le había quedado más remedio.

Se inclinó hacia el asiento del conductor y le indicó con la mano.

–Detente al final de la calle principal y luego vete a aparcar, Jimmy. Acabo de ver una cafetería y necesito un café y algo para comer. También tengo que revisar algunos papeles. Dame al menos un par de horas. Luego te llamaré para que vengas a recogerme.

–Por supuesto, señor Ashton. ¿Quiere llevarse el periódico?

--Gracias.

El aroma del café actuó como el canto de una sirena. Lo hizo entrar en la cafetería que había visto al pasar. Años atrás, cuando tan solo era un niño, aquel edificio había albergado la tienda de periódicos donde su padre compraba la prensa y el tabaco y, más tarde, cuando se convirtió en un pequeño supermercado, también las latas de cerveza...

Aquel amargo recuerdo amenazaba con estropearle el desayuno, por lo que lo apartó de su cabeza con la misma precisión con la que eliminaba los e-mails no deseados de la bandeja de entrada de su correo electrónico. Entonces, se centró en la amplia selección de bollos, cruasanes y magdalenas que se ofrecía. Su estómago comenzó a protestar por el hambre.

Normalmente, desayunaba un café instantáneo y una tostada quemada porque siempre tenía prisa. Decidió que debía contratar un ama de llaves que supiera cocinar. La última que había tenido era una maniática de la limpieza, pero no sabía cocinar, razón por la que Drake la había despedido. Aquella mañana, necesitaba algo más consistente, sobre todo por lo que tenía que hacer. Fuera lo que fuera lo que sentía sobre la ciudad que lo vio nacer, consideraría aquella visita con su habitual distancia profesional. Después de todo, estaba allí para echar un vistazo imparcial. Era lo primero que había que hacer antes de empezar el trabajo con otros profesionales en la regeneración de una zona que estaba agotada y abandonada.

Al principio, había rechazado la idea cuando se le propuso. Sus recuerdos de la zona no albergaban ningún sentimiento que deseara volver a experimentar.

La mayor parte de su trabajo se había realizado en el sector privado y, hasta aquel momento, Drake se había mostrado dispuesto a que siguiera siendo así. Después de todo, de ese modo se había hecho muy rico y había logrado apartarse de los rigores de su infancia y de su juventud. No obstante, había decidido aceptar aquel encargo como una especie de catarsis, como una oportunidad de borrar para siempre aquella dolorosa parte de su pasado. Además de regenerar la ciudad en la que había crecido, Drake tenía la intención de demoler la que había sido su casa y construir algo mucho más hermoso en su lugar.

Su cruel padre llevaba ya mucho tiempo muerto, pero aquel pequeño gesto ayudaría a Drake a liberarse de las ataduras que aún le unían a su progenitor. Se imaginaba enfrentándose a él cara a cara y diciéndole que, a pesar del modo tan despreciable en el que lo había tratado de niño, no le iba a permitir que siguiera marcando su vida. Sí, demolería la casa y erigiría algo en su lugar que fuera testimonio del único miembro de la familia que tenía un poco de integridad.

Ese sentimiento lo había empujado a aceptar aquel encargo y a tratarlo como cualquier otro proyecto de los que aceptaba. Tenía la intención de aplicar sus habilidades y sus conocimientos para conseguir que aquella zona se convirtiera en un lugar completamente diferente.

Hasta aquel momento, había creído que el mejor modo de enfrentarse a los tristes recuerdos de su infancia era relegarlos al pasado y tratar de olvidarlos. Eso no siempre funcionaba, pero, al menos su política de centrarse únicamente en lo que tenía delante de él lo había ayudado a conseguir logros que estaban más allá de lo que siempre había soñado...

–Buenos días. ¿Qué le pongo?

Drake levantó la vista y se encontró con el par de ojos castaños más brillantes que había visto en toda su vida. Se quedó simplemente hipnotizado. No podía pensar. La dueña de aquellos ojos era una chica de una belleza arrebatadora. Estaba vestida muy sencillamente con una camiseta granate que portaba el logotipo de la cafetería y unos vaqueros. Un delantal azul marino le ceñía la estrecha cintura. Aquellas ropas tan comunes enfatizaban aún más lo encantadora que era.

Llevaba el cabello oscuro recogido en una coleta. Sus rasgos eran sublimes. El único rastro de maquillaje que Drake podía detectar era una ligera línea oscura que le delineaba las pestañas inferiores. Le pareció muy refrescante. Muchas mujeres se visten para ir a trabajar como si fueran a salir de fiesta. También se percató de que se parecía un poco a la actriz italiana que tanto admiraba... a excepción de que la mujer que tenía delante era mucho más hermosa.

Drake no estaba en absoluto preparado para el placer que se apoderó de él. La miró fijamente y se sintió como si se estuviera ahogando en aquellos ojos. No podía apartar la mirada. Parecía un adolescente.

–Me gustaría un café largo americano, un par de cruasanes y... ¿tiene algo salado, como un panini? Hoy tengo mucha hambre.

Ella abrió los ojos como si le hubiera hecho gracia aquel comentario, pero rápidamente apartó la mirada.

–No tenemos paninis, pero le podría preparar un cruasán tostado con beicon, o incluso con huevos y beicon.

Cuando ella volvió a mirarlo, Drake vio que la sonrisa cortés que ella le ofrecía estaba muy contenida. ¿Se habría dado cuenta del efecto que había producido en él? Una mujer tan hermosa como ella debía de ser blanco de la atención de los hombres constantemente. Seguramente estaba harta de que así fuera. No era de extrañar que se mostrara tan distante.

—Creo que tomaré el cruasán con beicon.

—Está bien –dijo. Se puso a preparar el café, pero, entonces, lo miró durante un instante pasajero antes de centrarse de nuevo en la cafetera–. ¿Por qué no se sienta en una de las mesas? Yo le llevaré lo que ha pedido en cuanto lo tenga preparado.

—Claro. Gracias.

Aquella mañana de septiembre, el café no estaba particularmente lleno. Un café situado en la calle principal de cualquier ciudad debería tener más clientes para tener beneficios. Además, se había dado cuenta de que los precios que había visto en el menú eran demasiado bajos. Resultaba evidente que el dueño no sabía cómo llevar su negocio.

Frunció el ceño. De repente, se sintió culpable. Aquella ciudad no había prosperado mucho a lo largo de los años. Se dio cuenta de lo afortunado que era de haber podido escapar de la pobreza que atenazaba a la gente que vivía en la zona y que, ciertamente, no iba a mejorar dado el actual clima económico.

Se sentó por fin en un rincón y se mesó el cabello castaño claro. Una vez más, vio que su atención se veía atraída por la atractiva camarera.

De repente, la irritación se apoderó de él. Normalmente, nada le hacía apartar la atención de su trabajo, pero, en aquellos momentos, sentía deseos de centrarse tan solo en ella. Por lo tanto, no sacó inmediatamente de su maletín los planos que le habían dado en el ayuntamiento. Se limitó a examinar el periódico que Jimmy le había ofrecido, pero, de vez en cuando, su mirada regresaba irremediablemente a la camarera.

Debido a su éxito como uno de los arquitectos más famosos del país, Drake jamás se había visto privado de atención femenina, pero habían pasado ya seis meses desde que Kirsty, con la que había estado saliendo algo menos de un año, rompiera con él, tras decir de él que era muy egoísta y que estaba demasiado obsesionado con el trabajo como para cumplir los sueños que ella tenía de matrimonio e hijos. Drake no había negado aquella acusación. En realidad, le había sorprendido que duraran tanto. Normalmente, sus relaciones con las mujeres no duraban más de tres o cuatro meses.

La verdad era que a Drake no le interesaba el compromiso. Prefería tener su libertad. El único problema era que tenía una libido muy activa y no le gustaba tener relaciones solo por el sexo. La relación que había tenido con su ex no había sido perfecta, pero había echado de menos a una mujer que le calentara la cama en los últimos meses.

—Aquí tiene —le dijo la muchacha con otra cautelosa sonrisa, mientras le colocaba el café y los cruasanes sobre la mesa—. Que aproveche.

Con eso, se dio la vuelta para regresar a su puesto lo más rápidamente posible.

—¿Cómo se llama? —le preguntó Drake antes de que pudiera contenerse.

Ella se tensó visiblemente.

–¿Por qué?

–Siento curiosidad –respondió él encogiéndose de hombros.

–¿Y cómo se llama usted? –le preguntó ella en tono desafiante.

–Drake.

–¿Es ese su nombre o su apellido?

–Me llamo Drake Ashton.

–Por supuesto... –dijo ella abriendo los ojos de par en par, como si de repente hubiera caído en algo–. Usted es el famoso arquitecto que va a rehabilitar toda esta zona creando unas casas bonitas a buen precio.

–Bueno, yo solo no. Hay otras personas implicadas.

–Sin embargo, si nos podemos fiar de lo que dicen los periódicos locales, usted es el que ha atraído todo el interés. Un chico de aquí que ha llegado a lo más alto. Eso es lo que están contando.

–¿Sí? –preguntó él mientras se reclinaba sobre el sofá rojo para mirarla mejor–. Entonces, dado que yo nací aquí, justifica que esté interesado en esta zona. ¿No está de acuerdo conmigo, señorita...?

Drake recorrió la camiseta de la joven buscando una chapa que portara su nombre. No la encontró, pero no pudo apartar la mirada de los firmes y altos pechos que la camiseta roja hacía destacar.

–Las motivaciones que usted tenga no son asunto mío. Le ruego que me disculpe si ha considerado que he sido grosera –añadió. Entonces, se sonrojó un poco y se encogió de hombros–. Lo siento, pero ahora debo volver a mi trabajo.

–Aún no me ha dicho su nombre. Y, por si no se había dado cuenta, aparte de mí, solo hay otros tres clientes en este café. No es que esté demasiado ocupada esta mañana.

Ella se sonrojó una vez más.

–Me llamo Layla Jerome y, tanto si el café parece lleno como si no, tengo que volver a mi trabajo. No me limito a servir en la barra. En un café, hay muchas cosas que hacer. Dijo que tenía hambre. Pues es mejor que se tome su café y se coma sus cruasanes antes de que se le enfríen.

Sin más, ella se marchó a la barra. No ocultó su alivio cuando una clienta con un niño pequeño entró en el café.

Layla... El hermoso nombre encajaba a la perfección con su aspecto exótico. Drake sonrió y se llevó la taza a los labios antes de empezar a comer. Antes de que se marchara del café, tenía la intención de conseguir su número de teléfono. Así, conseguiría que su día fuera mucho mejor de lo que había anticipado.

Los otros tres clientes y la mujer con el niño se habían marchado ya. Sin embargo, aquel hombre seguía allí, sentado, absorto en lo que parecían ser unos planos. Layla lo sabía porque él la había llamado para pedirle otro café. Al ver que él no trataba de entablar de nuevo conversación, había respirado aliviada. Sin embargo, el seductor aroma que emanaba de él comenzó a turbarla. Desde entonces, se sentía ligeramente mareada.

La otra cosa que la había turbado había sido la mirada teñida de curiosidad y diversión que sus ojos grises le habían dedicado cuando le llevó el café. ¿Por qué había tenido que hacer eso? ¿Acaso se pensaba que ella caería rendida a sus pies tan solo porque él le hubiera dedicado una sonrisa? Le molestaba que siguiera pensando en ello, en especial porque sabía que no era así. La experiencia que tenía de los hombres como él, de los hombres ricos, guapos y seguros de sí mismos, que parecían pensar que tenían derecho de decirle lo que quisieran a las mujeres como ella, no la había ayudado a sentirse mejor en su compañía y tampoco hacía que pudiera confiar en ellos.

Desgraciadamente, había llegado a aquella conclusión de la manera más dura. Por eso había dejado su prestigioso trabajo como ayudante personal de un ambicioso broker y había regresado a su casa para trabajar en el café de su hermano Marc. Prefería la vida sencilla que llevaba en aquellos momentos.

Su cambio de trabajo había supuesto menos ingresos y también la pérdida de contactos que la hubieran podido ayudar a progresar en su carrera. Sin embargo, para Layla, lo mejor de haber dejado su vida en Londres era que trabajaba para alguien en quien confiaba. A cambio, su hermano Marc la respetaba y la valoraba, al contrario del mentiroso de su jefe, que le había arrebatado todos su ahorros con la promesa de una oportunidad para ganar mucho dinero, tanto que hubiera resuelto su vida. No había sido así.

Había perdido los ahorros que tanto le había costado ganar. La experiencia le había enseñado a ser más cautelosa. No tenía intención alguna de volver a actuar de aquel modo.

Con un suspiro, miró a Drake Ashton. Él seguía concentrado en sus planes mientras mordisqueaba el lápiz que tenía entre los dedos. Aquella imagen le hizo pensar a Layla en un muchacho haciendo sus deberes. La compasión que se apoderó de ella la sorprendió. Aquel elegante y guapo arquitecto era seguramente el último hombre sobre la faz de la Tierra que necesitaba su compasión.

Los periódicos locales habían dicho que tenía reputación de ser muy duro. También decían que él vivía en una casa que valía millones en Mayfair, además de poseer propiedades en el sur de Francia y en Milán, y que había amasado su fortuna diseñando lujosas casas para los ricos y famosos. Sin duda, estaba acostumbrado a tomarse un café en lugares más elegantes y glamurosos que aquella pequeña cafetería.

Se pasó la mano por el cabello con un gesto de irritación. ¿Y por qué tenía que importarle a ella dónde se tomara el café aquel hombre? Sin embargo, lo que sí le preocupaba era que pudiera informar al ayuntamiento y al resto de las personas que trabajaban para él de que aquel pequeño y triste café no tenía demasiados clientes y que, por lo tanto, debía cerrarse para construir un negocio mucho más lucrativo.

El miedo se apoderó de ella. El café lo era todo para su hermano Marc. Si él se enteraba de que su hermana no había sido demasiado amable con el famoso arquitecto y que, prácticamente, había saboteado sus oportunidades de inversión porque aún estaba dolida por su mala experiencia del pasado, se pondría furioso con ella.

Recordó las reuniones con los representantes del

ayuntamiento a las que su hermano y ella habían asistido para enterarse de los planes que había para la regeneración de la ciudad. Habían enfatizado que todos debían ser tan colaboradores como pudieran... Ciertamente, ella no lo había sido con el arquitecto. ¿Había alguna posibilidad de que pudiera mejorar la impresión causada sin comprometerse?

–Layla...

Se sobresaltó cuando el hombre volvió a llamarla. Se pasó la mano por los labios y se dirigió hacia la mesa.

–¿Le apetece más café? –le preguntó con voz muy cortés y una brillante y agradable sonrisa.

–Dos tazas es mi límite –respondió él observándola muy atentamente–. Si no, me pondré demasiado nervioso como para poder pensar siquiera. Por lo tanto, no... no quiero más café. ¿Te podrías sentar un minuto? Me gustaría hablar contigo.

Layla tragó saliva y sintió que el pánico se apoderaba de ella. A pesar de sus deseos por causar una mejor impresión, su mirada buscó automáticamente una manera de escapar. Tal vez un nuevo cliente o incluso su hermano Marc que regresara al café. No tuvo tanta suerte.

–¿Y si entra un cliente? Se supone que estoy trabajando.

–Estoy seguro de que me puedes dedicar un par de minutos de tu tiempo. Por supuesto, si entra un cliente debes ir a atenderlo, pero ahora no hay nadie. Quiero preguntarte tu opinión sobre una cosa.

–¿Sí?

–Siéntate, Layla, por favor. El hecho de que estés de pie me pone nervioso. ¿Rellenaste tú por casualidad uno de los cuestionarios que el ayuntamiento envió a los habitantes de esta zona?

El alivio de Layla fue palpable. Aquel hombre quería preguntarle por la rehabilitación de la ciudad. Nada más.

Se sentó frente a él y se colocó las manos sobre el regazo.

–Sí, claro.

–Bien. ¿Te importaría compartir conmigo qué fue lo que contestaste a la de «¿qué mejoras cree usted que son más necesarias en esta ciudad?».

Aquel hermoso rostro, con sus rasgos esculpidos y masculinos, tenía un aire muy serio y profesional.

–¿Usted va a diseñar principalmente viviendas nuevas?

–Sí, pero tengo otros objetivos. Se me ha pedido que me ocupe no solo de las viviendas sino también de otros edificios que pudieran beneficiar a la comunidad en general.

–Eso me suena a gloria. En mi opinión, lo que esta ciudad necesita son más instalaciones para los jóvenes, en particular para los adolescentes. La razón por la que muchos adolescentes están en las calles es que no tienen ningún sitio al que ir para divertirse. Son demasiado jóvenes para ir a los bares y, francamente, no necesitan ir a beber porque el alcohol se vende muy barato en los supermercados y ya causa problemas. No. Lo que necesitan es un lugar específicamente para ellos. Los que están al mando de esta ciudad no se toman el tiempo necesario para conocer a esos chicos y saber cómo son, pero se dan mucha prisa en juzgarlos y etiquetarlos. Necesitan un lugar al que puedan ir

para escuchar música juntos, para jugar al billar. Eso
sería fantástico. Podríamos pedir voluntarios para ayudar en su funcionamiento. Así, se juntarían varias ge-
neraciones y eso nos beneficiaría a todos.

–Parece que te interesa mucho el tema.

–Sí. Resulta estupendo que haya tantas campañas
para ayudar a los ancianos, pero los jóvenes también
necesitan ayuda. ¿No le parece?

Al recordar su propia juventud, en la que él también había anhelado un lugar al que poder ir para olvidarse de su infeliz vida en casa, Drake estuvo completamente de acuerdo con ella. El tono apasionado de
voz que había utilizado para defender su opinión hizo
que Drake la observara bajo una nueva perspectiva
y que sus deseos por conseguir el número de teléfono
de Layla fueran aún mayores. No era habitual encontrarse con personas a las que les preocupara tanto el
bienestar de otros y tampoco estaba mal que ella fuera
tan guapa...

–Estoy completamente de acuerdo. En los próximos días, voy a mirar algunos terrenos para construir
nuevos edificios y te aseguro que tendré en cuenta lo
que me has dicho. Por supuesto, puedo hacer reco-
mendaciones, pero la decisión de crear un club para
los jóvenes o algo similar la tiene el ayuntamiento.
Ellos son los que tienen que proporcionar el dinero.

–Lo sé, pero un hombre importante como usted... un
hombre que creció en esta zona... Tal vez usted podría
ejercer algo de influencia. Significaría mucho para los
jóvenes que así fuera.

Cuando la puerta sonó, anunciando la entrada de una
pareja de ancianos, los dos miraron hacia la entrada.

–Parece que ya tienes clientes –dijo Drake con una sonrisa. Sin embargo, su encantadora acompañante ya se había puesto de pie y estaba de camino hacia el mostrador.

Media hora más tarde, Layla se dio cuenta de que Drake estaba doblando sus planos para meterlos en un elegante maletín de piel. Al ver que él se dirigía hacia el mostrador para hablar con ella, se mordió los labios. Todos sus sentidos se pusieron en estado de alerta. El aspecto de aquel hombre era imponente. Los hombros bajo la elegante chaqueta eran anchos y atléticos. Su físico delgado y musculoso, con largas y fuertes piernas, sugería que todo lo que se pusiera le sentaría bien, tanto si eran los chinos de color gris y la elegante camisa azul que llevaba puestos en aquellos momentos o unos vaqueros y una camiseta. De repente, todo lo que se refería a él le llamaba la atención.

–El café y los cruasanes estaban deliciosos, en especial el café –comentó mientras dejaba el maletín en el suelo.

–Me alegro. Mi hermano, que es el dueño del café, compra el mejor que puede conseguir y se tomó muchas molestias para enseñarme cómo prepararlo. Su intención es vender productos de calidad con un buen servicio para los clientes.

–En el mundo de los negocios eso es lo mejor que se puede hacer... eso y tratar de conseguir beneficios. Quería preguntarte quién es el dueño. Entonces, ¿es tu hermano? ¿Cómo se llama?

–Marc Jerome.

–¿Y siempre has trabajado para él?

–No. No siempre.

–¿Te importaría darme más detalles?

–Trabajé en Londres durante unos años, pero necesitaba un cambio por lo que regresé a casa –dijo ella levantando un poco la barbilla.

–¿Y en qué trabajabas en Londres?

–Era la ayudante personal de un broker en la City.

Drake frunció el ceño. Se sentía perplejo.

–Pues vaya cambio, ¿no?

–Sí. ¿Hay algo más que quiera preguntarme antes de que regrese a mi trabajo, señor Ashton?

–Sí –respondió él. De repente, su mirada se hizo muy intensa–. Hay algo más, Layla. Me gustaría que me dieras tu número de teléfono.

–¿Por qué?

–Para que pueda llamarte e invitarte a tomar algo. ¿Me lo vas a dar?

La perplejidad se apoderó de ella. No se le había pasado por alto la admiración que había visto en los ojos de él cuando la vio por primera vez, pero no había esperado que la invitara a salir ni que le pidiera tan rápidamente su número de teléfono.

–Si hubiera pedido el número de teléfono de mi hermano para que él pudiera darle también su punto de vista sobre la regeneración de la zona o sobre su negocio, se lo habría dado con mucho gusto. Sin embargo, para ser sincera, no tengo por costumbre darles mi número de teléfono a hombres a los que apenas conozco.

–Pero si ya me conoces. Es decir, yo no soy un desconocido que acaba de entrar de la calle. Aunque me gustaría tener el número de teléfono de tu hermano para poder hacerle algunas preguntas, en estos momentos me interesa mucho más el tuyo.

–Lo siento –replicó ella retorciendo las manos. Se sentía muy incómoda–. Mi respuesta es no. Me ha gustado hablar con usted sobre lo que se necesita en la comunidad y aprecio mucho su interés, pero... Dejémoslo así, ¿le parece?

Con un suspiro, Drake sonrió.

–Tal vez sí o tal vez no... me refiero a lo de dejarlo así.

No parecía ofendido. De hecho, mientras recogía su maletín, le dedicó otra enigmática sonrisa.

–Esta ciudad no es ni la más concurrida ni la más habitada del país. Sin duda, nos encontraremos de vez en cuando. De hecho, estoy seguro de ello. Que tengas un buen día. ¡Ah! ¿Por qué no le das a tu hermano mi número de teléfono? Me gustaría mucho charlar con él sobre lo que piensa de esta ciudad.

Con eso, dejó una tarjeta de visita que se había sacado de la chaqueta encima de la barra. Entonces, sin esperar a comprobar si ella la recogía, se dirigió a la puerta. La abrió y salió al exterior. Layla observó todo el proceso sin darse cuenta de que, durante varios segundos, había estado conteniendo el aliento...

Capítulo 2

JEROME... Aquel apellido debería haberle sonado en cuanto lo escuchó. Drake aminoró el paso y giró la cabeza para contemplar el ajado exterior del café del que acababa de salir. En cuanto Layla le dijo su apellido, debería haber recordado que era el mismo que el de la tienda de periódicos que él recordaba en aquel mismo lugar. La tienda se llamaba Jerome's. ¿Era el simpático dependiente que a menudo hablaba de los resultados de los partidos de fútbol con él el padre de Layla?

Calculó que ella debía de ser al menos diez años más joven que él. Eso significaba que debía de tener unos veintiséis años. Se preguntó si podría ayudarlo a conseguir una cita con ella que le contara que sentía una profunda simpatía por su padre. En cualquier caso, a menos que ella tuviera novio, no iba a cejar en el empeño y mucho menos cuando, al verla, se había sentido presa de un sueño del que no quería despertar. Se había sentido aturdido, sorprendido y desorientado al mismo tiempo. Resultaba difícil recordar la última vez que el corazón se le había acelerado tanto.

Se dio cuenta de que ella era la primera mujer que se negaba a darle su número de teléfono. Eso hacía que se sintiera aún más decidido a conseguir que ella cambiara de opinión.

Sacudió la cabeza para olvidarse de la hermosa ca-marera y siguió andando por la calle, parándose de vez en cuando para observar y tomar notas. Al cabo de unos minutos, su fino instinto le alertó del hecho de que lo estaban siguiendo. Se dio la vuelta y vio dos hombres que, evidentemente, eran periodistas. No se podía ni imaginar cómo podían saber que él estaría allí. De un modo u otro, siempre se enteraban.

Uno de ellos portaba una cámara y el otro una gra-badora. Drake agradeció que no hubieran entrado en el café para tratar de entrevistarle. Si hubiera sido así, no habría tenido mucha oportunidad de charlar con la en-cantadora Layla. Por ello, se sintió más predispuesto a hablar con ellos de lo que era habitual en él.

–Somos del periódico local, señor Ashton. ¿Podría-mos hacerle una foto y unas preguntas para nuestros lectores? Como se podrá imaginar, todo el mundo está muy interesado y emocionado en la rehabilitación que usted va a hacer en toda la zona y en el impacto social y económico que va a tener –le dijo el periodista que llevaba la grabadora en la mano.

–Está bien, pero espero que sea rápido porque tengo trabajo que hacer.

–Por supuesto, señor Ashton. Si pudiéramos ha-cerle primero unas fotografías sería estupendo.

Drake toleró que le hicieran las fotos y la entrevista con una actitud poco común en él porque las pregun-tas resultaron sorprendentemente inteligentes y pers-picaces a pesar de la aparente juventud del reportero. Sin embargo, esa actitud cambió cuando el joven le preguntó sobre su infancia y juventud en la ciudad.

Drake dio la entrevista por terminada y llamó a

Jimmy para que fuera a buscarle. El corazón aún le latía con fuerza cuando les dio la espalda a los dos periodistas y a la gente que se había detenido y se marchó.

Sintió un profundo alivio al ver el elegante Aston Martin dirigiéndose hacia él. Por fin podía centrarse en su trabajo sin impedimento alguno antes de celebrar una reunión en el ayuntamiento y poder regresar a Londres para ocuparse de un par de prestigiosos proyectos que estaba a punto de finalizar, unos proyectos que, a pesar de reportarle fama y dinero, habían resultado más complejos de lo que había imaginado y que, en consecuencia, le había quitado el sueño más noches de las que estaba dispuesto a recordar...

—Bueno, ¿qué impresión te causó Drake Ashton?

Marc había invitado a Layla a cenar con él aquella noche en la parte de la casa que le correspondía. Tras heredar la casa familiar a la muerte de su padre, los dos habían acordado dividir la casa en vez de venderla y habían transformado las dos plantas en pisos independientes. Layla ocupaba la planta superior y Marc la inferior. Cuando ella se marchó a Londres, Marc se negó a alquilarlo para que Layla pudiera regresar cuando deseara. Por eso, ella no tuvo problema alguno para volver cuando su carrera en Londres terminó de un modo tan desagradable. Marc la recibió con los brazos abiertos y le dio un trabajo en su café.

Mientras los dos preparaban todo lo necesario para la cena, Layla se percató de que, aquella noche, su hermano tenía un aspecto especialmente cansado. Tenía profundas ojeras y, sin peinar ni afeitar, su aspecto era lamentable. Layla se preguntó si se estaría preocupando de nuevo por el dinero. Sabía que la contribución que tenían que pagar por el café acababa de volver a subir y los ingresos del café eran ya menores de lo que cabía esperar para aquel mes. La recesión estaba golpeando con fuerza a todos los negocios.

–¿Que cuál fue mi impresión? Bueno, me parece que es un hombre que sabe exactamente lo que quiere y cómo conseguirlo –respondió, tras pensar en lo que podía decir y lo que no podía decir sobre su encuentro con Drake Ashton. Desgraciadamente, llevaba pensando en lo ocurrido todo el día–. Con eso, me refiero a que se ve por qué ha llegado tan alto. Es muy profesional y parece muy centrado. Me dio la impresión de que no se le pasan muchas cosas por alto.

–Vamos a cenar, ¿de acuerdo? –dijo Marc mientras tomaba un par de bocados del pescado antes de volver a mirar a su hermana–. Dicen que, además de arquitecto, es inversor. ¿Lo sabías?

–No.

–Me gustaría mucho hablar con él sobre el café.

–¿Te refieres a pedirle consejo sobre cómo hacerlo más viable económicamente?

–No solo eso. Quiero preguntarle si estaría interesado en invertir en él –dijo Marc. Entonces, suspiró profundamente antes de limpiarse la boca con la servilleta.

Alarmada, Layla dejó los cubiertos y lo miró fijamente.

–¿Tenemos problemas?

–Tenemos muchas pérdidas. ¿Cómo no vamos a tener problemas? Tratar de atraer clientes cuando todo el mundo tiene tanto miedo de gastar dinero es como tratar de sacar sangre de una piedra. Hasta ahora, he tenido que pedir dos préstamos al banco para poder salir adelante, y tengo una deuda de varios miles de libras. He invertido todo el dinero que papá me dejó en este negocio y ahora parece que incluso corro el riesgo de perder el local por el que él trabajó tanto. El café necesita una buena inyección de capital, Layla. Si no, tendremos que tirar la toalla.

Layla haría cualquier cosa para ayudar a su hermano a sentirse más optimista sobre el café. Le dolía verlo tan cansado y tan preocupado todo el tiempo, pero la intención que tenía de pedirle a Drake Ashton que invirtiera en el café le asustaba profundamente.

Se maldijo por haber confiado todos sus ahorros al canalla de su jefe. Si hubiera guardado su dinero, podría haber ayudado a su hermano a pagar la deuda y a aliviar sus miedos sobre el futuro del café.

—Me dio su tarjeta de visita para que te la diera —le dijo con una sonrisa—. Me dijo que quería hablar contigo.

—¿Drake Ashton quiere hablar conmigo? —preguntó Marc esperanzado.

—Es un hombre de negocios muy astuto, Marc —le dijo ella antes de morderse los labios con ansiedad—. Por lo que dices, el café está perdiendo dinero a puñados. No creo que ese hombre tenga prisa por invertir su dinero en algo que no tenga potencial para reportarle buenos beneficios.

—Gracias por tu apoyo.

—Sabes que mi apoyo es incuestionable —afirmó ella apretándole la mano—. Creo que el café es maravilloso y me gustaría que más personas pensaran lo mismo. Lo que ocurre es que no quiero que te hagas esperanzas y pienses que Drake Ashton podría ser la respuesta a tus plegarias. Eso es lo único que digo.

–Tienes razón –replicó Marc apartando la mano. Entonces, agitó la cabeza y sonrió–. El problema es que dejo que mi corazón rija mi cerebro. Sé que no es la mejor manera de dirigir un negocio. No obstante, creo que merece la pena hablar con ese Ashton. Al menos, me podría dar algunos consejos. Dame su tarjeta mañana para que pueda llamarlo. Ahora, vamos a cenar, ¿de acuerdo? Se nos está quedando fría la cena.

Layla sonrió, pero, en silencio, rezó para que cuando su hermano hablara con Drake Ashton, este no hiciera pedazos sus sueños diciéndole que debería olvidarse del café...

Drake giró la cabeza y guiñó los ojos para protegerlos de los rayos del sol, que entraba a raudales por los enormes ventanales. El edificio que albergaba su empresa se había convertido en una señal de identidad y, en consecuencia, él estaba muy orgulloso del diseño.

De vez en cuando, pensaba que lo que él había conseguido considerando su pasado era un milagro, pero ni siquiera ese pensamiento se permitía. No quería pensar en el pasado ni un segundo más de lo que debía. Su lema era concentrarse en el presente.

–Señor Ashton, un tal Marc Jerome quiere hablar con usted. Dice que le dio su tarjeta de visita a su hermana para que pudiera llamarlo, señor.

Monica, su secretaria, había aparecido en la puerta de su despacho. Era una delgada rubia cuya dedicación al trabajo y cuya eficacia superaban con creces lo que se podría esperar de ella por su aspecto. Era una verdadera tigresa en lo que se refería a deshacerse de llamadas o visitas no deseadas. No era el caso en aquella ocasión. Al saber de quién se trataba, Drake aceptó la llamada. La hermosa Layla ocupaba su pensamiento casi constantemente, por lo que no iba a perder la oportunidad de tratar de conseguir su número de teléfono.

–Pásemelo, Monica.

Al terminar la llamada, Drake se puso de pie y se acercó a la ventana de su despacho. Casi no podía contener la satisfacción que se había apoderado de él. Había escuchado a Marc Jerome mientras él le explicaba las necesidades de la ciudad y cuando le había pedido consejo para su negocio, Drake había accedido a reunirse con él para poder hablar más tranquilamente.

Tras terminar de hablar del tema, Drake había aprovechado la oportunidad de preguntarle directamente si su hermana estaba saliendo con alguien. Cuando vio que la respuesta se demoraba, contuvo la respiración.

–No –le había respondido Marc con cautela–. Por lo que yo sé, en estos momentos prefiere estar sola.

Drake había sonreído.

–Preferiría preguntarle eso personalmente, si no te importa. Seguramente, será mejor que se lo pregunte cuando no esté trabajando, tal vez el día en el que tú y yo nos reunamos para hablar.

–Es mejor que la llame primero y compruebe que eso le parece bien –le había recomendado Marc.

–Por supuesto...

Como resultado de aquella conversación, en aquellos momentos el teléfono móvil de Layla estaba en su poder.

Decidió que la llamaría después de comer, por si ella tenía mucho trabajo en el café. Entonces, regresó a su escritorio completamente decidido a ponerse a trabajar...

–¿Layla?
–Sí.
–Soy Drake Ashton. Tu hermano Marc me dio tu número.

Layla, que hasta entonces había estado dando un paseo por el parque, se dirigió a un banco cercano para sentarse. Marc le había dado permiso para que se marchara a dar un paseo después de que el café tuviera muchos clientes durante la hora de comer, pero la esperanza de disfrutar durante una hora del sol otoñal se había desvanecido inmediatamente al escuchar la masculina y profunda voz del famoso arquitecto.

–Él me dijo que le había pedido mi número –respondió Layla.

A pesar de haber estado ensayando cómo rechazar de nuevo una cita, no pudo pronunciar ni una sola palabra. No había podido dejar de pensar en él desde que estuvo en el café el día anterior y eso le preocupaba. Solo escuchar su voz encendía en ella un terrible deseo de volver a verla. Aquellos ojos grises, que en ocasiones parecían carecer de color, el masculino rostro y la fuerte mandíbula parecían estar grabados en su memoria con increíble claridad.

–Entonces, sin duda te habrás imaginado que te iba a llamar para invitarte a salir. Sé que nó querías que yo tuviera tu número, pero me gustaría mucho volver a verte. Estoy deseando tener la oportunidad de conocerte un poco mejor, Layla. ¿Qué me dices?

–Si soy sincera, no me siento muy cómoda con la idea, señor Ashton.

–Drake –dijo él.

La tensión que Layla sintió alrededor del vientre la hizo sentirse como si tuviera un anillo de acero apretándole la cintura. Agarró el bolso con fuerza, como si así pudiera protegerse mejor.

–No quiero ofenderle, pero no me interesa ver a nadie en estos momentos.

–¿No te gusta salir?

–Para serle sincera, me da igual. Ciertamente no soy persona que necesite tener a alguien especial en su vida para sentirme mejor.

–Me alegro por ti, pero, ¿es esa la verdadera razón por la que no quieres salir conmigo o es tal vez porque el último novio que tuviste te defraudó o te trató mal?

–Eso no es asunto suyo.

–Tal vez no. Solo estoy tratando de averiguar por qué no quieres salir conmigo.

–El hombre que me defraudó no era mi novio, al menos no al principio. Sin embargo, sí se trataba de alguien en el que yo había depositado mi confianza, equivocadamente tal y como pude comprobar más tarde. Me sentí muy engañada por él. De todos modos, yo...

–Preferirías no correr el riesgo de verme por si te hago lo mismo, ¿verdad?

—Sí, así es —confesó ella de mala gana.

—Tengo que decirte que no todos los hombres somos unos canallas, Layla.

—Eso ya lo sé. A mi hermano Marc le confiaría mi vida.

—Hablando de tu familia, yo conocí a tu padre, ¿sabes?

Layla se quedo muy sorprendida.

—¿De verdad?

—Yo le compraba los periódicos en Jerome's. Por eso le conocí.

—El mundo es un pañuelo.

—Yo iba a su tienda. Solíamos hablar de fútbol. Éramos del mismo equipo.

—A mi padre le gustaba mucho el fútbol y le encantaba tener la oportunidad de hablar con otro aficionado de los partidos. Mi padre siempre tenía tiempo para los niños que venían a la tienda. Tenía muy buen corazón —susurró. De repente, Layla se vio abrumada por los recuerdos de un padre al que había adorado y por lo mucho que le echaba de menos y los ojos se le llenaron de lágrimas.

—Supongo que él ya no está. Si no te importa que te lo pregunte, ¿qué le ocurrió?

—Murió tres meses después de que le diagnosticaran un cáncer de garganta.

—Lo siento. Debió de ser muy difícil para ti y para tu hermano.

—Lo fue.

—¿Y tu madre?

—Murió cuando yo tenía nueve años. Mire, señor Ashton, yo...

–Me gustaría mucho que me llamaras Drake.

Aquella sugerencia sonaba muy atractiva, tanto que, aunque ella intuía que Drake había utilizado su relación pasada con su padre para romper su reticencia, le resultaba difícil de ignorar. Aunque su confianza en los hombres se había visto hecha pedazos por el comportamiento de su jefe, el aprecio que Drake mostraba hacia su padre parecía verdadero.

Sonrió.

–No te rindes fácilmente, ¿verdad?

–No. No se llega lejos en el mundo de los negocios si no se es tenaz.

–He oído que has accedido a reunirte con mi hermano y darle algunos consejos sobre el café.

–Voy a ir a verlo el jueves. Después de mi reunión con él, voy a visitar el lugar en el que se van a construir las primeras viviendas. Espero estar allí hasta bastante tarde.

Sin saber qué decir, Layla se estremeció.

–Mira, de verdad que quiero verte –afirmó él–, pero no quiero esperar hasta el jueves. Es demasiado tiempo. ¿Qué te parece si te dejas de cautelas y sales conmigo de una vez? Si vienes a Londres, te invitaré a cenar.

–¿Cuándo estabas pensando?

–Mañana... ¡No, espera! Esta noche. Quiero verte esta noche...

–Esta noche es algo precipitado...

Cuando su hermano le confesó que le había dado su teléfono a Drake, se sintió furiosa con ambos. Ella no era algo con lo que se pudiera negociar. Tampoco había esperado que él la llamara tan pronto. Le gustaría tener más tiempo para pensar en aquella invitación, tiempo para recuperar la cordura... Su antiguo jefe también había sido muy hábil con las palabras y un maestro en el diseño de estrategias para conseguir lo que quería. Aunque, en lo que se refería al carisma, no dudaba de que Drake Ashton copaba sin lugar a dudas el mercado.

–¿Acaso tenías otros planes para esta noche?

–No, pero mañana por la noche me vendría mejor –dijo Layla, casi sin saber de dónde había sacado el valor para responder así.

–Podría ser que mañana por la noche yo no pudiera...

–No importa –insistió ella. Se negaba a ir precipitadamente a Londres solo porque Drake se lo exigiera–. En ese caso podría ser el jueves –añadió. Él se quedó muy callado–. ¿Sigues ahí, Drake?

–Sí, sigo aquí –respondió él con frustración e irritación–. Mañana por la noche entonces. Dame tu dirección y te mandaré a mi chófer para que te recoja y te traiga a mi despacho. Está cerca del West End. Yo me encargaré de reservar un lugar agradable para ir a cenar.

–No tienes que enviarme a tu chófer. Puedo ir en tren.

–¿Eres siempre tan testaruda? Porque si es así, Layla, podría ser que yo hubiera encontrado la horma de mi zapato...

Capítulo 3

ELLA llegaba media hora tarde.

Drake había salido ya dos veces al despacho de su secretaria para ver si Layla le había dejado algún mensaje. En aquellos momentos, estaba frente a la máquina de café que había en el exterior de su despacho, apretando el botón de otro café negro que, en realidad, no quería.

El día había pasado muy lentamente. Cuando pensaba en que iba a ver a Layla, sentía una profunda excitación acompañada también de una desagradable ansiedad. Un par de colegas le habían preguntando que si le ocurría algo.

Odiaba la idea de que ellos pudieran haberse percatado de que le ocurría algo. Normalmente, se vanagloriaba de ocultar perfectamente sus sentimientos, algunas veces hasta el punto del hermetismo. Sin embargo, siempre se mostraba raudo a la hora de congratular a otros cuando hacían un buen trabajo para él. Se había creado una reputación intachable no solo diseñando edificios para dejar boquiabiertos a sus clientes, sino también por preocuparse de un proyecto personalmente de principio a fin. Por ello, Drake se aseguraba de que las personas a las que empleaba fueran dignas de confianza. Tal vez había estado muy solo a lo largo de su vida, pero no le sería imposible realizar su trabajo sin su equipo.

Miró el reloj y se sobresaltó al ver la hora que era. ¡Maldición! ¿Por qué no había insistido en enviar a Jimmy a recoger a Layla en vez de permitir que ella llegara allí por sus propios medios? No lo había hecho porque le daba la sensación de que ella habría cancelado la cita y le habría dicho que se olvidara de ella.

—La persona a la que estaba esperando acaba de llegar, señor Ashton.

Por el tono de la voz de su secretaria, Drake sospechaba que Monica sabía que la mujer a la que él estaba esperando no era una visita cualquiera y que, de algún modo, era especial. Desgraciadamente, se volvió tan rápidamente al escuchar la voz de su secretaria que se derramó el café sobre la mano. Lanzó un grito de furia.

La sonrisa de la secretaria se vio reemplazada inmediatamente por un gesto de preocupación.

—Es mejor que se ponga inmediatamente agua fría —le aconsejó ella rápidamente mientras se acercaba a él para quitarle la taza.

—¿Dónde está? —le preguntó Drake.

—En su despacho.

—Bien. Asegúrate de que está cómoda y dile que estaré allí dentro de un par de minutos. Voy al cuarto de baño para echarme agua fría en la mano.

Una vez allí, se miró en el espejo que había sobre el lavabo. No le gustó especialmente lo que vio. El nacimiento de la barba ya le oscurecía la mandíbula. Ignoró el dolor que tenía en la mano con estoica indiferencia. Sabiendo que iba a salir a cenar, debería haberse afeitado, pero ya era demasiado tarde. Layla tendría que conformarse con él tal y como estaba. Al menos, llevaba puesto uno de sus trajes hechos a medida, con un chaleco de seda sobre una camisa sin corbata.

Se sentía muy nervioso. Se miró por última vez en el espejo y se colocó el cuello de la camisa. Decidió que debía relajarse. Había terminado su jornada laboral e iba a salir a cenar con una mujer que lo había dejado fascinado en el instante en el que la vio.

Mientras se dirigía a su despacho, un empleado se dirigió a él con una pregunta. Sin embargo, Drake tenía tantos deseos de ver a Layla que se negó a responder.

–Pregúntamelo mañana –musitó distraídamente–. Ahora estoy ocupado.

Su empleado lo miró con sorpresa y lo dejó marchar. Drake llegó por fin a su despacho. Antes de abrir la puerta, respiró profundamente. Justo antes de que viera a la mujer que llevaba esperando ver todo el día, captó el aroma de su perfume. La sugerente fragancia le caldeó la sangre. Cuando por fin la vio, ella estaba de pie, junto a su escritorio, ataviada con un elegante abrigo de color crema sobre un vestido negro de cóctel. El placer que se apoderó de él resultó prácticamente abrumador.

–Por fin has llegado –dijo él en voz baja.

–Sí –respondió ella–. Aunque no sé por qué he venido.

–¿Qué quieres decir?

–Quiero decir que hace mucho tiempo desde la última vez que acepté la invitación a cenar de un hombre y sigo sin estar segura de por qué he aceptado la tuya.

–Bueno, pues me alegro de que lo hayas hecho. Esta noche estás muy hermosa.

–Gracias. Normalmente no me visto así –dijo ella–, pero no sabía adónde íbamos a ir, por lo que yo... Bueno, ¿te molesta que haya llegado tarde? El tren estuvo parado en un túnel durante veinte minutos. No sé por qué. Siento haberte tenido esperando.

–No tienes por qué disculparte, aunque te recomendé que mi chófer fuera a recogerte para que no tuvieras que tomar el tren, ¿te acuerdas?

–¿Recomendar? ¿Es eso lo que hiciste? Si no recuerdo mal –comentó ella con una carcajada–, hiciste más bien que tus palabras sonaran como una orden real. No obstante, supongo que estás acostumbrado a decirle a la gente lo que tiene que hacer, ¿no?

Drake no respondió porque lo que ella acababa de decir era completamente cierto. Sin embargo, no quería que ella se quedara con la impresión de que era demasiado exigente. Por primera vez en su vida, se sintió inseguro del terreno que pisaba con una mujer.

–De todos modos, sigo sin poder creerme que estoy aquí, en tu despacho –dijo ella con un suave suspiro–. Me había imaginado que sería impresionante, pero ni siquiera mi imaginación me permitió pensar en un edificio hexagonal que parece más bien sacado de una película de ciencia-ficción. ¿Cómo diablos se te ocurrió hacer algo como esto?

–Un edificio hexagonal es ciertamente más difícil de construir que uno cuadrado, pero, aparte de un exterior único, constituye un lugar mucho más interesante en el que vivir y trabajar. Me gusta que la gente disfrute en los edificios que yo diseño. ¿Te gusta?

–Todo este cristal... Debe de ser muy luminoso durante el día. Eso me gusta.

–Por eso el tejado está también hecho de cristal. Algunas veces, trabajo aquí por la noche y, si hay luna llena y no hay nubes que impidan ver las estrellas, apago las luces durante un rato. No son necesarias. La luz del cielo es tan brillante que parece una manta mágica que lo ilumina todo.

Layla lo observaba con unos ojos enormes, atrapada por las palabras que él acababa de pronunciar.

–¿Quieres que te enseñe todo esto? –añadió.

–Tal vez en otra ocasión –dijo ella. Tenía las mejillas arreboladas–. ¿No teníamos que ir a cenar?

–¿Me estás diciendo que tienes hambre?

–En realidad, sí, aunque la verdad es que no me siento muy cómoda en un despacho, aunque sea tan hermoso como este. Mi experiencia como ayudante personal me ha quitado las ganas de volver a trabajar en uno. Te aseguro que es mucho más tranquilo trabajar en un café.

Intrigado por lo que ella acababa de decir, Drake se dirigió hacia su escritorio y se puso la americana que tenía colgada del respaldo de la silla. Entonces, miró a Layla y frunció el ceño.

–¿Me puedes decir cómo era tu jefe?

–Preferiría no hacerlo. Al menos, en estos momentos. Tal vez cuando te conozca un poco mejor...

Drake sintió que el corazón le golpeaba con fuerza contra las costillas.

–Entonces, ¿significa eso que estás pensando en que tengamos más de una cita?

–No estoy pensando en nada. Tengo por costumbre tratar de vivir el momento.

–Yo también.

–Además, eso no solo depende de mí, ¿no te parece? ¿Quién sabe? Tal vez cuando acabe la noche estés encantado de perderme de vista.

–No lo creo –dijo él mientras le indicaba la puerta–. Ahora, vayámonos a cenar, ¿quieres? He reservado una mesa en un bonito restaurante francés que conozco.

Un maître muy elegante los acompañó a la que Layla imaginaba que era la mejor mesa del restaurante. El bonito restaurante francés que Drake había mencionado resultó ser uno de los más aclamados de toda Europa y, por supuesto, de Londres. Con sus dos estrellas Michelín, aquella noche estaba lleno a rebosar de una clientela muy exquisita y, evidentemente, muy adinerada. Su mesa estaba situada en un rincón discreto y estaba puesta y decorada con mucha elegancia.

Drake le colocó la mano en la espalda mientras el maître se disponía a sujetarle la silla. Esperó a que ella se acomodara antes de tomar asiento. ¿Era normal haber sentido su tacto con tanta fuerza, como si una poderosa corriente eléctrica le hubiera atravesado la ropa? Se había sentido ya muy nerviosa en su despacho, pero tenía miedo que estando a solas con él en un ambiente tan íntimo como aquel se pusiera aún más y le resultara imposible dejar de hablar. Ya en su despacho había dicho más de lo que quería decir. ¿Por qué había tenido que decir que tal vez quisiera conocerlo mejor? Para ser una mujer que se había jurado mantenerse alejada de los hombres como Drake Ashton, estaba haciendo todo lo contrario. Estaba segura de que el calor que él había prendido en ella al tocarle tan ligeramente en la espalda debía de estar notándosele en el rostro.

–He oído hablar de este restaurante, por supuesto, pero jamás pensé que tendría la suerte de cenar aquí. Se dice que la lista de espera para conseguir una mesa es de al menos un año. ¿Te parece que es cierto? –le preguntó mientras con gesto nervioso abría la servilleta y se la colocaba sobre el regazo.

–No tengo ni idea. Mi secretaria se encargó de llamar para reservarme una mesa.

En aquel momento, el camarero llegó para entregarles los menús, por lo que Layla no tuvo oportunidad de comentar nada. La *sommelier* acudió también para recomendarles que vino podrían tomar con la cena. A ella no se le pasó por alto que resultaba evidente que la simpática pelirroja conocía a Drake.

Cuando la mujer se marchó, Layla tomó un sorbo del agua que otro camarero les había servido y se preguntó si Drake habría tenido una relación mucho más íntima que la meramente profesional con ella. Y esa idea le molestó más de lo que debería.

–La razón por la que no tienes ni idea del tiempo que hay que esperar para conseguir mesa aquí es que tú eres un hombre importante y tu nombre te abre automáticamente muchas puertas.

–Parece que eso te molesta.

–En realidad, no quise sugerir que eso me molestara –replicó ella muy avergonzada–. En realidad, era tan solo una observación. Evidentemente, has trabajado mucho para disfrutar de los privilegios de los que dispones. Ni siquiera sé por qué he hecho ese comentario. Perdóname. Achácalo a los nervios.

—Entonces, ¿te pongo nerviosa?

—Sí, la verdad es que un poco.

—¿Por qué?

—Tal vez tú piensas que tengo más seguridad en mí misma de la que dispongo. La verdad, es que soy tan solo una mujer normal y corriente y no me siento cómoda en la compañía de hombres que disfrutan de tantos privilegios como tú.

Layla esperó que aquella admisión aliviara parte de la ansiedad que sentía cuando estaba con Drake. No fue así. Se sintió aún más torpe y carente de sofisticación.

En ese momento, la guapa *sommelier* regresó con el vino. Procedió a servirlo para que Drake pudiera probarlo y le diera su visto bueno. Cuando fue así, la mujer sirvió también a Layla.

—Gracias —murmuró él, indicándole a la *sommelier* que podía marcharse. Entonces, tomó la copa y sonrió a Layla—. Salud y felicidad.

—Lo mismo digo —susurró ella mientras tocaba suavemente la copa con la de él.

—Y, para que conste, no me había dado la impresión de que tuvieras mucha seguridad en ti misma. Mi impresión general sobre ti es que estás a la defensiva y que, en consecuencia, te pones muy nerviosa. Eres como una leona que hace todo lo posible para desviar la atención de un depredador de su camada.

—Yo no estoy tratando de proteger a nadie.

—Claro que sí. Evidentemente, estás tratando de protegerte a ti misma, Layla.

–¿Tú crees? ¿De qué exactamente? Me interesaría mucho que me lo dijeras.

–De mí –dijo él mientras colocaba la copa sobre la mesa–. Sin embargo, con eso no estoy diciendo que sea un depredador. En lo que se refiere a las mujeres, jamás he tenido necesidad. Jamás he tenido que perseguir a una mujer en toda mi vida. Siempre ha sido al revés. No obstante, siempre había sospechado que algún día tendría que romper esa regla.

Layla se lamió los labios con gesto nervioso. Sentía que un fuego le estaba abrasando la piel. Trató inútilmente de encontrar un modo adecuado de responder a aquella afirmación.

–¿Estás... estás diciendo que me estás persiguiendo a mí, Drake?

Él sonrió.

–Espero que no sea necesario, Layla. Preferiría pensar que eso dependerá de ti.

Entonces, volvió a tocar la copa que había dejado sobre la mesa para beber el vino que la luz de las velas parecía convertir en un seductor río de color sangre...

–¿Han decidido lo que van a cenar, señor Ashton?

La reaparición del camarero fue muy oportuna. Layla no tuvo que responder a un comentario cuyas repercusiones aún estaba tratando de asimilar. No era una ingenua en lo que se refería a lo que deseaban los hombres. Su aspecto a menudo había atraído la atención de los hombres, pero, en su mayor parte, no había sido deseada. Sin embargo, Layla jamás había estado en la situación en la que un hombre le dijera tan francamente que iba a perseguirla si ella le indicaba que no estaba interesada.

En realidad, ella ya había descubierto que era casi imposible no sentirse interesada por Drake. Cada instante que pasaban juntos, le demostraba más claramente que resultaba muy difícil apagar las llamas del deseo que la mirada de Drake encendía en ella cada vez que la miraba. Iba a ser un verdadero desafío resistirse mucho tiempo a aquella electrizante atracción.

Tras la pregunta del camarero, Drake abrió el menú que había dejado encima de la mesa y dijo:

—Creo que necesitamos aún unos minutos más.

El camarero asintió y se marchó rápidamente para darles el tiempo que necesitaban. Entonces, Drake añadió:

—¿Quieres que te sirva un poco más de vino?

Layla llevaba en silencio unos minutos, mientras cenaban. Cuando Drake la observaba, veía que ella parecía estar inmersa en un mundo propio. No le importaba el silencio, pero le preocupaba que ella pudiera estar lamentándose de haber acudido a la cita. Jamás debería haber admitido tan francamente que tenía la intención de perseguirla si ella se mostraba indiferente.

—No, gracias —dijo ella cuando Drake hizo ademán de servirle vino una vez más—. No puedo beber demasiado esta noche. Tengo que tomar el tren de vuelta y también tengo que levantarme muy temprano mañana para trabajar.

—No tienes por qué tomar el tren. Mi chófer te llevará a casa.

—¿Y cómo llegarás tú a tu casa si tu chófer me lleva a mí?

–Puede dejarme de camino. Yo vivo en Mayfair.

–Lo sé. Lo he leído en el periódico local. Tienes mucha suerte.

Drake no mencionó que vivía en Mayfair para impresionarla, pero no podía negar que se sentía perplejo por el hecho de que ella se mostrara tan poco impresionada, casi molesta. Le hizo sentirse como un charlatán y un mentiroso. En su interior, aún se sentía como el muchacho que vivía con un padre que le pegaba, lo despreciaba y lo encerraba en su dormitorio en la oscuridad. Tensó la boca al revivir aquel recuerdo.

–Si tan desagradable te resulta que me ofrezca a facilitarte la vuelta a tu casa y prefieres tomar un tren, no voy a discutir contigo. En cuanto hayamos acabado de cenar, pagaré la cuenta inmediatamente para que podamos marcharnos. Hay una estación de metro a la vuelta de la esquina.

Cuando las mejillas de porcelana de Layla se cubrieron de un rubor que delataba su vergüenza, Drake se dijo que no iba a permitir que aquello le molestara ni siquiera remotamente...

Capítulo 4

SU CITA había sido un verdadero desastre.

Layla no estaba segura de qué había hecho para, de repente, provocar que Drake se mostrara tan frío hacia ella. Mientras el chófer la dejaba en la estación de metro, él permaneció sentado en el interior del coche, sumido en un frío silencio. Incluso cuando ella le dio las gracias por la invitación y se despidió de él, Drake se mostró incapaz de responder.

–Buenas noches, Layla –dijo simplemente, mientras la observaba con sus glaciales ojos grises, como si se estuviera preguntando cómo se le podía haber ocurrido invitarla a cenar.

Horas más tarde, Layla trataba de recordar todas las palabras que habían intercambiado durante la cena para tratar de descubrir qué era lo que había ido mal. En varias ocasiones había recordado el comentario de Drake de que vivía en Mayfair y, al final, había terminado por reconocer que su voz al responder había resultado algo burlona. Él no había estado presumiendo delante de ella, pero Layla había respondido como si así hubiera sido.

Por su anterior experiencia con su jefe, había creído que todos los hombres ricos y poderosos eran arrogantes y engreídos. No era de extrañar que Drake hubiera decidido no tener nada más que ver con ella. Seguramente pensaba que ella no era más que una idiota ignorante aunque, para ser justos, el comentario que ella había hecho había sido inocente y producto de los nervios. No había tenido la intención de insultarle. Desgraciadamente, estaba segura de que él jamás volvería a ponerse en contacto con ella.

—A las once me voy a tomar una hora libre para celebrar una reunión en mi despacho. ¿Te puedo dejar a cargo de todo?

La voz de su hermano interrumpió sus pensamientos. Layla levantó la mirada de la vitrina en la que había estado colocando unas magdalenas recién hechas. Rápidamente, lo miró y esbozó una sonrisa.

—Por supuesto. Como puedes ver, esta mañana no hay mucho jaleo.

—La reunión es con Drake Ashton. ¿Te acordabas de que él iba a venir hoy? Es que casi no has dicho ni una sola palabra de la cita que tuviste con él anoche.

—Claro que me acordaba —replicó ella—. Es jueves, ¿no?

—¡Qué lista! —bromeó Marc. Como siempre, su cabello oscuro presentaba un aspecto algo desaliñado y su camiseta negra estaba arrugada.

—Ayer te planché un montón de camisetas y te las dejé encima de la cama —le dijo ella—. ¿Cómo es que llevas esa puesta? Parece que has dormido con ella. ¿No te parece que deberías cambiarte si vas a tener una reunión con Drake?

—Así que ya lo llamas Drake, ¿no? Evidentemente, tenéis una relación mucho más informal después de anoche... Esta mañana tenía mis dudas porque parecía como si se te hubiera muerto alguien. Eso me llevó a pensar que las cosas no habían ido demasiado bien. Por eso no te he preguntado al respecto.

–No importa. Va a llegar dentro de media hora –le dijo ella mientras miraba el reloj–. Tienes que quitarte esa camiseta y arreglarte para estar un poco más presentable. Es decir, si quieres que él piense que eres un hombre de negocios serio.

–¡Por supuesto que quiero que lo piense! ¿Por qué crees que no duermo por las noches?

–No dudo de tu compromiso. Sé lo que mucho que deseas que este café sea un éxito. Solo te estoy diciendo que tener la oportunidad de hablar con Drake Ashton es algo que no ocurre todos los días. Por eso, necesitas aprovecharla al máximo. Mira, si te marchas ahora, tendrás tiempo más que suficiente para arreglarte un poco. Eso hará que te sientas más seguro de ti mismo.

–Tienes razón –suspiró su hermano. Entonces, le dio un sonoro beso en la mejilla–. Si Ashton llega antes de que yo regrese, ofrécele una taza de café y algo para comer, ¿quieres? Gracias, hermanita.

En cuanto Marc se marchó, Layla se miró en el espejo para comprobar su peinado y su maquillaje. Entonces, trató de conseguir que los nervios no la atenazaran. ¿Qué haría él cuando la viera? La noche anterior se había mostrado como un hombre de hielo cuando se despidieron. No la había llamado para disculparse.

Decidió no dejarse vencer por sus sentimientos de miedo y duda por la actitud que él podría tener hacia él. Encendió la radio y se puso a limpiar la encimera y a dejarla más reluciente aún de lo que ya estaba.

Veinte minutos más tarde, después de otra preocupante falta de clientes, se abrió la puerta principal y dejó pasar una bocanada de aire gélido, que parecía anunciar el invierno que aún tardaría en llegar. Sin embargo, a Layla no le preocupaba que el mes de septiembre estuviera siendo más frío de lo que debería, y mucho menos cuando la razón de que la puerta se hubiera abierto era la llegada de Drake.

Él se acercó al mostrador y le ofreció a Layla una de sus enigmáticas sonrisas. Llevaba un elegante abrigo de cachemir de color marrón encima de un traje oscuro. Estaba muy guapo.

–¿Te acuerdas de mí?

–Claro que sí. Eres el hombre que se mostró distante conmigo al final de nuestra cita de anoche.

Las palabras se le escaparon de los labios antes de que pudiera pensarlas. Una vez más, había metido la pata. ¿Cómo se podía haber olvidado de que había tenido la intención de disculparse con él por disgustarle?

–Siento mucho lo que ocurrió... de verdad –dijo él–, pero me estoy empezando a dar cuenta de que tienes propensión a tomarte mis comentarios de un modo equivocado. Fuera como fuera, debí llamarte inmediatamente para disculparme. Ojalá lo hubiera hecho. Ciertamente, no quería que la velada terminara como lo hizo.

Layla casi no se podía creer que él estuviera hablando con ella de aquella manera. Tuvo que apoyarse en el mostrador para no desmoronarse. De repente, las piernas parecían incapaces de sostenerla.

–En ocasiones, no pienso antes de hablar –susurró

ella–. Debería hacerlo. Siento mucho haber dicho o hecho algo que te molestara.

–En ese caso, volvamos a empezar. Después de reunirme con tu hermano, voy a visitar un par de solares y me gustaría que vinieras conmigo. Creo que estarás interesada en escuchar lo que se planea construir allí. Después, volveré a traerte al café. Tardaremos un par de horas como mucho.

–Me gustaría ir contigo, pero no puedo tomarte ese tiempo así como así.

Drake miró a su alrededor y vio los dos únicos clientes que había en el café en aquellos momentos. Entonces, volvió a mirarla.

–Sí, ya veo que tienes mucho jaleo –comentó–. No te preocupes. Ya lo hablaré con tu hermano cuando lo vea. ¿Está por aquí?

–Llegará en cualquier momento. Ha tenido que ir a casa a por una cosa. ¿Te apetece un café mientras le esperas?

–Gracias. Un americano bien cargado.

–¿Y algo para comer?

Aquella pregunta pareció sumirlo en un trance. Su mirada parecía hipnotizada, como si él, de repente, se hubiera trasladado a un mundo muy lejano. La distante mirada que se reflejó en sus ojos provocó que, inexplicablemente, Layla sintiera un nudo en la garganta. El gesto de Drake le había hecho pensar en un niño que se está concentrando en sus deberes.

–¿Drake?

–¿Cómo dices? –preguntó él–. No quiero nada para comer, gracias. He desayunado esta mañana. Con un café será más que suficiente.

Con eso, se dio la vuelta con la intención de dirigirse a una mesa cercana. Layla lo detuvo en seco.

–¿Te importa que te diga algo?

Drake se dio la vuelta con cautela.

–Tú dirás.

–Ni por un segundo te estoy diciendo cómo debes dirigir tu negocio, por lo que te ruego que no te tomes esto de un modo equivocado. En estos momentos, Marc está en un estado algo frágil. Necesita... Bueno, necesita algo que le dé esperanza para el futuro del café. No te pido que le hagas solo comentarios positivos porque, evidentemente, necesita escuchar la verdad, pero, sea cual sea el consejo que le des... ¿te importaría...? ¿Podrías tener en cuenta lo que te acabo de decir?

–En el mundo de los negocios, no hay manera de endulzar la verdad, Layla, pero sea cual sea el consejo que le dé a tu hermano, puedes estar tranquila de que será justo y considerado. Y espero que también de utilidad. ¿Algo más?

Layla negó con la cabeza y se puso a preparar el café.

Resultaba tan agradable volver a tenerla cerca... Mientras conducía el Range Rover por las sinuosas carreteras que rodeaban la ciudad, Drake miró de reojo en varias ocasiones a su hermosa acompañante. No pudo evitar bajar los ojos para observarle las largas piernas, cubiertas por unos ceñidos vaqueros negros. Aspiró su perfume. Para él, era lo mismo que el oxígeno.

Después de muchas horas de no poder concentrarse en nada más que en Layla, horas en las que tampoco había podido dormir, estaba feliz por el hecho de que ella hubiera accedido a acompañarle. No importaba que fuera por trabajo. Había deseado tanto llamarla la noche anterior, después de que se separaran... Sin embargo, le parecía que tal vez no lo había hecho para castigarla con su indiferencia. Había estado tan seguro de que ella se había estado burlando de él por vivir en Mayfair. Se había convencido de que la actitud de Layla sugería que sabía exactamente de donde él venía y no iba a dejar que lo olvidara. Sin embargo, en cuanto volvió a verla en el café, supo que tan solo había conseguido castigarse a sí mismo. En aquellos momentos, estaba dispuesto a mostrarse más amable.

–¿Tienes frío? –le preguntó.

–La calefacción es muy buena en este coche –respondió ella con una deliciosa sonrisa–. El coche que yo comparto con mi hermano tiene una calefacción que no calentaría ni una caja de zapatos, y mucho menos algo un poco más grande. Por cierto, ¿cómo ha ido la reunión que has tenido con él?

–Bien. Creo que le he dicho algunas cosas que le harán pensar. Ahora, depende de él hacer lo que le he dicho o no hacerlo. Principalmente, va a tener que aprender a ser paciente. Las cosas tardan tiempo en mejorar. Por cierto, no hablamos solo del café. Tú también saliste en la conversación en varias ocasiones. El modo en el que se le iluminó el rostro cuando con solo mencionar tu nombre me ha dejado muy claro que te adora.

Ella se encogió de hombros.

–No sé si me adora o no, pero admito que siempre hemos estado muy unidos. ¿Tienes hermanos o hermanas?

–No... –dijo él apretando con fuerza el volante–. No. Me temo que soy hijo único.

–Esto no tiene por qué ser algo negativo. Tal vez tus padres decidieron que solo te querían a ti. O tal vez no pudieron tener más hijos.

Los inocentes comentarios de Layla hicieron que Drake sintiera un escalofrío por la espalda.

–No tengo ni idea –mintió–. Nunca se lo pregunté.

–¿Y no se lo puedes preguntar ahora?

–No. Mi madre nos abandonó hace muchos años, cuando yo solo tenía seis y mi padre murió cuando yo era un adolescente –comentó, con cierta amargura.

–Lo siento mucho, Drake. Te ruego que me perdones por tener tan poco tacto. No tenía ni idea.

–Todo eso ocurrió hace ya mucho tiempo y ahora no se trata de algo que yo desee exactamente divulgar. Te estaría muy agradecido que no compartieras la información con nadie más. En cualquier caso, como puedes ver, ahora estoy bien y me va perfectamente sin mis padres.

–En ese caso, tú eres más duro que yo –susurró ella con tristeza–. Perdí a mi madre cuando era muy pequeña. Enfermó de neumonía después de un brote de gripe muy severo y jamás se recuperó. Entonces, cuando aún estaba en la adolescencia, perdí a mi padre. Sigo echándoles a ambos de menos mucho más de lo que puedo expresar con palabras...

Drake sintió deseos de detener el coche y tomarla entre sus brazos. Deseaba tanto hacerlo... La mera oportunidad de tocarla, de sentirla contra su cuerpo, de notar cómo la boca le temblaba bajo sus propios labios, suponía una necesidad demasiado poderosa como para poder ignorarla.

Sin embargo, al ver que ya estaban cerca del solar al que se dirigían, se limitó a decir:

–Siento mucho que los eches tanto de menos, pero la vida sigue. Tenemos que seguir viviendo y tratar de hacerlo lo mejor posible. Cuando ocurren cosas malas, uno puede o dejarse llevar por la tristeza o superarse. En mi experiencia personal, jamás quise convertirme en una víctima, por muy difícil que me resultara sobreponerme a mis circunstancias.

Drake condujo el coche hasta una zona despejada y apagó el motor junto a una de las numerosas furgonetas que había allí aparcadas.

–Ya hemos llegado –dijo. Entonces, se volvió a observar a su acompañante–. Sé que el tiempo no es muy bueno, pero me gustaría enseñarte el solar y decirte lo que tenemos planeado. ¿Te sigue apeteciendo?

–Por supuesto –repuso ella mientras miraba por la ventana–. Aquí había antes una zona de juegos estupenda. Mi hermano y yo solíamos venir andando desde nuestra casa. Mi padre siempre estaba trabajando, por lo que durante las vacaciones nos las teníamos que arreglar sin ayuda. Nos parecía que era una aventura venir hasta aquí nosotros solos. ¿Te acuerdas de esa zona de juegos, Drake?

–Sí.

Los recuerdos que Drake tenía de aquella zona de juegos sobre la que Layla hablaba con tanto cariño no eran tan buenos como los de ella. Él también había tenido que ir allí solo, pero no había hecho amigos mientras estaba allí. Los otros niños probablemente habían sido advertidos por sus padres para que se mantuvieran alejados del muchacho al que su madre había abandonado y que tenía un padre famoso por su mal carácter y por su afición a la botella.

Decidió centrarse en el presente. Sonrió a su guapa acompañante.

—Por cierto, tendrás que llevar casco. Reglas de seguridad. Tengo uno de más en el maletero.

La palabra *frío* no podía describir el efecto del devastador viento que azotó a Layla en el rostro en cuanto salió del coche. Mientras trataba de sobreponerse al frío, reflexionó en el tono de voz que Drake había utilizado cuando le había hablado de sobreponerse a las circunstancias después de la terrible infancia que había tenido. De repente, comprendió por qué su éxito significaba tanto para él. Pasar de vivir en aquella pequeña localidad a hacerlo en Mayfair era un gran logro.

Se abrazó con fuerza para combatir el frío. La ligera cazadora que llevaba no le servía de mucho y deseó haber previsto que habría sido mejor ponerse algo de más abrigo.

—Vamos a andar. Algo de ejercicio te ayudará a mantenerte caliente. Toma, ponte esto primero.

Se colocó delante de ella y le ofreció el casco. Cuando Layla dio un paso al frente para tomarlo, tropezó con una piedra y estuvo a punto de caerse. La única razón por la que no lo hizo fue porque las manos de Drake le agarraron los brazos justo a tiempo para impedirlo. Antes, él había tirado los cascos que llevaba en las manos para poder hacerlo.

Al encontrarse entre sus brazos, Layla solo pudo ser consciente del erótico calor que vibraba entre ambos. Era una fuerza tan formidable que resultaba imposible ignorarla.

Cuando miró a los ojos de Drake, vio el deseo que se reflejaba sin tapujos en ellos y comprendió que él sentía la misma necesidad que ella estaba experimentando. Quería decir algo, lo que fuera, para que la situación recuperara una cierta normalidad antes de que fuera demasiado tarde, antes de que se dejara llevar por algo que no tardaría en lamentar.

Sin embargo, aquella idea se desvaneció en el aire en el mismo instante en el que él le soltó los brazos para enmarcarle el rostro entre las manos. La sensación que experimentó fue una sensual revelación.

Con un suspiro que era precursor de lo que, inevitablemente, se iba a producir a continuación, Drake se acercó a ella y le aplastó la boca salvajemente bajo la de él.

El sabor de sus labios combinado con el de la lengua se convirtió inmediatamente en algo muy sensual y adictivo. Era como un embriagador coñac que no podía dejar de saborear aunque sabía que por beberlo terminaría metiéndose en un lío. Se encontró batallando una tormenta profundamente sensual que amenazaba con llevársela para siempre. Sintió cómo le agarraba con fuerza, casi con desesperación, tratando de unir su cuerpo completamente al de Drake. En aquel momento, habría dado casi cualquier cosa por estar desnuda junto a él, en vez de verse presa por la ropa que impedía que los dos se tocaran tan apasionadamente como ansiaban. A pesar del gélido viento que soplaba a su alrededor, el fuego que habían encendido entre ellos bastaría para mantener a raya incluso temperaturas propias del Ártico.

La necesidad sexual que lo consumió de repente la sacudió con toda su fuerza. Con una indiscutible urgencia, Drake le desabrochó rápidamente la cazadora y comenzó a tocarle bruscamente un seno. A pesar de la ropa, el contacto le abrasó a Layla la piel como si hubiera sido una llama. Entonces, con un gruñido, se apartó de ella e interrumpió el avaricioso beso que estaba amenazando con hacerles perder el control. Al sentir que la boca de Drake abandonaba la suya, Layla sintió deseos de más, pero no se vio abandonada durante mucho tiempo. Inmediatamente, él le apartó la cazadora y comenzó a besarle la unión entre cuello y hombro.

La pasión que él demostraba la desató. Al mismo tiempo que la besaba, comenzó a morderle la piel. Si no hubiera sido por el hecho de que Drake la estaba sujetando por las caderas, Layla estaba completamente segura de que se había desmayado allí mismo de puro placer. Sin embargo, el poco sentido común que le quedaba comenzó a abrirse paso entre la neblina del deseo. A su pesar, se liberó del círculo de los brazos de Drake y dio un paso atrás. Al mismo tiempo, se llevó una mano al lugar que él había estado mordiendo y notó que le dolía, lo que le indicó sin duda alguna que él había dejado su marca. El rostro se le cubrió de rubor.

–No deberíamos estar haciendo esto. No podemos hacer esto. Tú... tú me ibas a enseñar la obra y a contarme lo que teníais planeado para hacer aquí. Tal vez deberíamos concentrarnos en eso en vez de... en vez de...

–¿Querer arrancarnos la ropa el uno al otro?

A pesar de lo enfadada que estaba, la profunda voz de Drake y su sonrisa estuvieron a punto de devolver a Layla a sus brazos. Para que aquello no ocurriera, se hizo recordar lo humillada que se había sentido y lo mucho que le había dolido el modo en el que su jefe la había engañado. Aquel recuerdo seguramente la ayudaría a mantenerse alejada de los hombres ricos y encantadores mientras viviera. Ya había sufrido mucho por alguien cuya razón de ser eran solo el dinero y el éxito. No tenía deseo alguno de volver a pasar por lo mismo.

–No sé lo que me ha pasado, pero puedes estar seguro de que no volverá a suceder. Ahora, ¿vamos a examinar el solar? El tiempo pasa y yo tengo que regresar a mi trabajo.

Miró a Drake de reojo, porque sabía que si lo miraba a los ojos su magnética mirada haría pedazos todas sus buenas intenciones.

–Vamos –dijo él. Se inclinó para recoger los cascos que había dejado caer al suelo. Después de colocarse el suyo en la cabeza, le entregó a Layla el otro–. Póntelo. Te enseñaré el solar y luego te llevaré al café. Esta noche, cuando hayas terminado de trabajar, te llamaré para que podamos hablar de cuándo podemos volver a vernos. Y, cuando lo hagamos, insistiré para que sea mi chófer el que vaya a recogerte.

–¿Acaso no has oído lo que acabo de decirte? ¿Y si te digo que no quiero volver a verte?

–No te creería y mucho menos después de lo que ha pasado entre nosotros.

–A ver si entiendes lo que te voy a decir. No me interesa tener una aventura sexual contigo que se apague en pocos días o, como mucho, en semanas. No te negaré que te encuentro físicamente atractivo, pero eso, en sí mismo, no es suficiente para persuadirme de que es buena idea volver a verte.

–¿No? ¿Entonces qué es?

–Solo accederé a volver a verte si me dejas entrar en tu vida un poco, si me das la oportunidad de conocerte, de conocer al hombre que hay tras la apariencia de éxito que presentas al mundo. Si estás dispuesto al menos a considerar esa posibilidad, entonces accederé a tener otra cita contigo. Si no, lo mejor es que nos olvidemos de todo esto.

–Dejando a un lado cómo me gano la vida y mi reputación pública, soy un hombre muy reservado, Layla. Raramente dejo que alguien se me acerque... en especial las mujeres.

–¿Significa eso que tus anteriores relaciones con mujeres se han basado exclusivamente en el deseo sexual y en nada más? ¿Es eso lo que me estás diciendo?

–Este no es ni el lugar ni el momento para hablar de algo así –le advirtió Drake–. Ahora, tengo que hacer mi trabajo. Te llamaré esta noche para que podamos hablar.

La indignación se apoderó de ella.

–No te molestes. No me interesa que me aplaques con unas explicaciones que, sin duda, serán razonables y encantadoras, sobre el hecho de que no quieres permitirme que te conozca bien. A mí tampoco me in-

teresa convertirme en tu compañera de cama mientras
estés en la ciudad –le espetó. Entonces, sin ceremonia
alguna, se quitó el casco de la cabeza–. No te preocupes por llevarme de vuelta al café. El paseo me vendrá
bien. Conozco el camino de vuelta a la ciudad como
la palma de mi mano.

–No te vayas...

–¿Por qué? ¿Por qué no debería marcharme? –le
preguntó ella.

–Porque quiero mostrarte el solar y explicarte cómo
tenemos planeado mejorarlo. ¿No te interesa eso?

Aunque estaba muy enfadada con él, Layla no pudo
negar que le interesaba saber los planes que él tenía
para aquella zona. Se apartó el cabello de los ojos y
asintió lentamente.

–Por supuesto que me interesa. Está bien. Me quedaré para que me lo expliques.

Drake sonrió.

–¿Y qué me dices sobre lo de llamarte más tarde
para que podamos hablar sobre otra cita?

–Si accedes a considerar seriamente mi petición sobre lo de dejarme entrar un poco en tu vida, entonces
sí, puedes llamarme.

Drake sacudió la cabeza, como si supiera que no iba
a servir de nada seguir hablando sobre el tema. Le colocó la mano en la espalda y la animó a echar a andar.

Capítulo 5

QUÉ TE parecen las mejoras que tenemos planeadas?

Mientras Drake conducía el coche de vuelta a la ciudad, miró con interés a su pasajera y vio el interés reflejado en sus ojos.

–Creo que es maravilloso lo que piensas hacer –replicó ella con entusiasmo–, en especial la idea de tener un jardín común con muchas plantas y una zona de juegos para los niños.

–¿No crees que los niños arrancarán las plantas?

–No, no lo creo. Si le das a la gente un lugar del que sentirse orgullosos, un lugar que sea estéticamente hermoso al tiempo que práctico, harán todo lo que puedan por cuidarlo. Muchos de los niños pequeños que conozco adoran las plantas y las flores y si alguien les enseña cómo plantarlas y regarlas, las querrán aún más.

–Entonces, los planes tienen tu aprobación.

–No necesitas mi aprobación, pero me alegro que me hayas pedido mi opinión.

–Hay un lugar más que me gustaría mostrarte antes de llevarte de vuelta al café, un lugar que estamos planeando mejorar también. Se trata de una calle muy estrecha y deprimida en una de las zonas más degradadas de la ciudad.

—Está bien.

El corazón de Drake latía a toda velocidad cuando la llevó al lugar en el que él se había criado, pero trató de mirar más allá de las deshabitadas y ruinosas casas victorianas para imaginarse los edificios modernos y atractivos que tenía intención de erigir en su lugar.

—¿Esta es la calle de la que hablabas? —le preguntó Layla. Tenía una expresión sorprendida en el rostro.

—Sí, lleva muchos años abandonada. ¿Conoces a alguien que viviera aquí? —le preguntó, al tiempo que rezaba para que no fuera así. No quería que la imagen que tenía de él se viera mancillada por los comentarios de alguna cotilla sobre su familia.

—No, no conozco a nadie que viviera aquí, pero sé que algunas personas han pedido al ayuntamiento que salve los edificios y los reforme.

—Lo he oído. Por muy buenas intenciones que tengan esas personas, me temo que su petición ya se ha visto descartada.

—¿Por qué?

—Porque alguien ha comprado toda la calle y tiene planes para demoler las casas y construir residencias más contemporáneas en su lugar.

—¿Cuánto te has enterado de eso?

—Hace unos tres meses... cuando yo realicé una oferta para comprar la calle.

—Entonces, ¿tú eres ese alguien? —le preguntó completamente asombrada.

—Así es.

—¿Y tú piensas demoler estos edificios históricos para reemplazarlos por casas baratas modernas con tanto carácter como las cajas de los zapatos?

–Espero tener algo más de buen gusto –replicó él secamente–. Y, para tu información, yo jamás construyo casas baratas y modernas. Lo primero y lo más importante para mí es construir viviendas de las que sus residentes se sientan orgullosos. Además, siempre empleo a los obreros más especializados que encuentro para hacerlo, además de utilizar materiales de primera calidad.

–Sea como sea, los victorianos sabían cómo construir casas que han superado la prueba del tiempo y que, al mismo tiempo, eran elegantes. Tengo que decirte que yo soy una de las personas que realizaron ese escrito. Si estás pensando en mejorar la zona, ¿por qué no puedes invertir tu dinero en renovar lo que ya existe?

–Porque prefiero construir que renovar.

–No lo comprendo. ¿Por qué?

A pesar de que le dolía verla tan molesta, Drake no sentía deseos de explicarle por qué prefería derribar aquellas casas para construir otras nuevas. Además, le molestaba que Layla creyera que podía aconsejarle lo que tenía que hacer. Después de todo, él era el arquitecto que estaba a cargo de la rehabilitación de la ciudad.

–Es mejor que te lleve de vuelta al café.

–¿Por qué no respondes a mi pregunta? Si estás pensando en derribar estas casas, al menos podrías tener la cortesía de explicarme por qué

Drake se volvió para mirarla y trató de contener su irritación lo mejor que pudo.

–Veo que, evidentemente, tienes unas ideas bastante románticas sobre la renovación de estas viviendas, pero hace falta mucho dinero para restaurar las casas viejas y devolverles su antigua gloria. A veces, resulta más económico y más barato construir otras nuevas en su lugar. No te olvides que, además de arquitecto, soy también un hombre de negocios, Layla.

Antes de que ella tuviera oportunidad de responder, Drake volvió a arrancar el motor y lo sacó de la calle marcha atrás con mucha rapidez mientras ella miraba tristemente por la ventana.

Layla le había dicho que quería que él la dejara entrar en su vida para poder conocer al hombre que había detrás del arquitecto de éxito. Era la frase más aterradora que una mujer le había dicho en toda su vida.

Dejó el vaso del whisky doble que se estaba tomando sobre la mesa y se cruzó de brazos. Más aterrador resultaba aún la creciente tentación de flirtear con la idea de considerar aquella petición. Sin embargo, le preocupaba que, después de haberle mostrado la calle en la que él había crecido y de contarle sus planes, Layla hubiera cambiado de opinión y ya no quisiera conocerle. Ella no se había tomado muy bien sus intenciones para aquellas casas, pero eso no había afectado el poderoso atractivo que Layla suponía para él. Debía de haberlo hechizado. O eso, o Drake había perdido la cabeza.

La decisión de regresar a su lugar de nacimiento para ayudar en la regeneración de la zona se estaba volviendo en su contra. Lo último que había esperado que ocurriera era que él terminara deseando a la hermosa joven de la localidad que trabajaba en un café.

Aquella tarde, después de terminar su trabajo, había

regresado a su casa de Mayfair, pero ni había cenado ni se había duchado. Su cuerpo y sus sentidos se habían visto apartados por un tornado de anhelo y deseo que le habían impedido hacer ninguna de las dos cosas. Por ello, se marchó al bar de un hotel cercano con la esperanza de distraerse. La comida no tenía atractivo para él por el nudo que tenía en la boca del estómago y no se había duchado porque no quería desprenderse del atrayente aroma del cuerpo de Layla. Aquella fragancia lo envolvía y, si cerraba los ojos, podía recordar las maravillosas sensaciones que había experimentado acariciando su piel y saboreando sus labios...

El deseo se apoderó de él y se le concentró directamente en la entrepierna. Drake maldijo en silencio el momento tan malo de que aquello ocurriera. A pesar de lo que ella le había dicho, aún albergaba la esperanza de llevársela pronto a la cama. Ella había afirmado que quería conocerlo, pero Drake sabía que si se lo permitía, ella no se sentiría cómoda con el hombre taciturno e inseguro que se escondía tras la figura glamurosa y de éxito, un hombre que aún seguía demasiado marcado por el pasado como para poder sentirse cómodo con la idea de establecer una relación seria con una mujer.

–¿Has tenido un mal día?

Drake miró a su alrededor y se sorprendió al ver a la rubia explosiva que se había sentado a su lado. Sin embargo, su provocativa apariencia le dejaba completamente frío. Solo había una mujer que pudiera provocar esa clase de reacción en él. Layla.

–No ha estado mal –replicó él mientras se ponía de pie–. Ha habido cosas buenas.

–¿Te marchas ya? –le preguntó la rubia, sin tratar de ocultar su desilusión.

–Me temo que sí. Que lo pases bien –murmuró con una media sonrisa.

Esa sonrisa desapareció rápidamente porque en lo único en lo que podía pensar era en llegar a casa y llamar por teléfono a Layla.

–¿Que se ha ido a la cama?

Al recibir aquella información, Drake dejó de remover el café negro que se acababa de preparar y se dio la vuelta para apoyarse sobre la encimera de la cocina.

–¿Qué quieres decir con eso de que ya se ha ido a la cama? –preguntó. Se sentía tan sorprendido y molesto que no pudo contener su irritación–. Pero si son poco más de las diez.

–Nunca se acuesta muy tarde. Le gusta mucho levantarse temprano.

–¿Y cómo es que tú respondes su móvil? ¿Es que está en tu casa?

–Compartimos casa. Yo tengo la planta baja y Layla la primera. ¿Es que no se lo ha dicho?

–No. De todos modos, le guste madrugar o no, te agradecería que fueras a su habitación y vieras si sigue despierta. Le dije que le iba a llamar esta noche.

–Me temo que no puedo hacer eso –replicó Marc–. Tengo instrucciones muy estrictas al respecto. Por eso se ha dejado el teléfono aquí abajo. Me dijo que si usted llamaba, le dijera que lo llamará ella el lunes. Lo siento mucho, señor Ashton. Tal vez aún no lo sepa, pero mi hermana tiene mucho carácter. Confíe en mí. ¡Si ella pierde los nervios saltan por los aires los cristales de las ventanas!

Drake apretó la mandíbula y los puños. ¿Que ella iba a llamarlo el lunes? ¿Acaso estaba jugando con él para darle una lección por haber accedido a renovar las casas victorianas? Fuera lo que fuera la razón de que no quisiera hablar con él, resultaba evidente que no había perdido el sueño por ello.

–Está bien. Gracias –musitó. No sabía qué otra cosa decir.

Colgó el teléfono y se dejó caer sobre una silla cercana. ¿De verdad tenía ella la intención de dejar pasar un fin de semana completo antes de volver a verlo? Si hubiera tenido su dirección y hubiera estado cerca de su casa, habría considerado presentarse en la puerta para aporrearla y hacer que ella bajara a hablar con él, tuviera o no mal genio. No iba a dejar que aquello lo apartara de sus objetivos. Además, la simple idea de que Layla pudiera perder los nervios despertaba en él una fantasía en la que él la sometía con un largo beso sobre su sensual boca.

Como ya había experimentado su sabor, la fantasía resultaba demasiado real. Dejó escapar un gruñido y se puso de pie con gesto impaciente.

La ducha caliente que había imaginado iba a tener que verse reemplazada por una a gélida temperatura si quería aplacar su frustración aquella noche.

Layla dejó escapar un largo suspiro de alivio cuando, a la mañana siguiente, Marc le dijo que Drake había llamado. Se había ido temprano a la cama porque estaba muy cansada, pero también se sentía molesta con él por no considerar la renovación de las casas. Resultaba evidente que él también estaba enojado con ella porque ella le hubiera dicho que quería conocerlo mejor y que no le interesaba tan solo una aventura. Estaba claro que no quería que una mujer se le acercara demasiado y Layla quería descubrir el porqué. También quería saber la razón por la que no quería renovar las casas. No se creía que fuera porque resultaba más barato demoler y construir residencias nuevas. Drake podría ser un hombre de negocios y arquitecto a la vez, pero ella no se creía que las consideraciones económicas fueran la única razón por la que se negaba a considerar una renovación.

Sin embargo, a pesar de todo, él estaba haciendo mucho más por la ciudad de lo que nadie había hecho en muchos años. Aunque se sintiera molesta porque Drake se negara a escuchar las peticiones de los habitantes de la zona sobre las casas, no podía dejar que eso dañara los sentimientos que tenía hacia él y mucho menos cuando, en lo más profundo de su ser, estaba convencida de que él era un buen hombre.

Mientras recogía los platos de su desayuno y llenaba el lavaplatos, se le ocurrió una idea. Tal vez había llegado el momento de que ella desempeñara un papel más activo en la asociación. Tal vez había llegado el momento de darle un giro a la situación y sorprenderle a él. Decidió que, si algo iba a salir de su asociación, fuera una aventura irresistible e inolvidable o el compromiso mutuo para una relación más profunda, quería al menos estar al mando. No volvería

a permitir que los deseos de un hombre tomaran pree-
minencia sobre los suyos propios.

Marc, que aquel día estaba especialmente contento,
accedió a darle a Layla la tarde libre. Incluso le dio un
fuerte abrazo cuando ella le confesó que iba a ir a
Londres para ver a Drake.

–Me cae bien. Es un hombre de negocios muy astuto –le dijo con una sonrisa–. Me dijo que no debería
apresurarme a tirar la toalla y a vender el café porque
ahora las cosas no vayan bien. En cualquier caso, no
es buen momento para vender. Me darían una miseria.
Me explicó que el propósito de regenerar la zona no
era solo para animar a nuevos residentes a que vengan
a vivir aquí, sino a animar a la gente a que compre en
las tiendas de la calle principal para reavivar el centro.
Los nuevos clientes ayudarán a los pequeños negocios
como el café a convertirse en empresas más boyantes.
Me aconsejó que esperara un par de años al menos. Y
eso es lo que pienso hacer. Ni te imaginas lo bien que
me siento por haber recibido sus consejos. Cuando lo
veas, dale las gracias de nuevo. ¿Lo harás?

El hecho de que Marc estuviera tan contento con
los consejos que Drake le había dado animó a Layla
aún más a hacerle una visita inesperada. Fuera como
fuera, después del tórrido encuentro que habían tenido
el día anterior en el solar, sabía que era inútil fingir
que no estaba deseando volver a verlo. Además, le encantaría descubrir más cosas sobre su pasado y su infancia si le resultaba posible. En ocasiones, él tenía
una expresión turbada en la mirada, un gesto que su-

gería que se sentía atormentado por una pena sobre la que no deseaba hablar. ¿Tendrían aquellas reacciones algo que ver con un pasado traumático?

Cuando el taxi la dejó frente al impresionante edifico hexagonal que Drake había diseñado, Layla deseó poder tomarse primero una copa para armarse de valor. ¿Y si a él no le gustaba aquella inesperada visita y se enfadaba con ella por presentarse sin avisar? Tal vez debería haberlo llamado primero, pero, entonces, no habría sido una sorpresa.

Layla murmuró suavemente aquel pensamiento en voz alta.

Unos minutos más tarde, mientras subía en el rápido y moderno ascensor hasta la planta de Drake, se miró en el espejo. Aquel día llevaba el cabello suelto porque ayudaba a cubrir la pequeña abrasión que Drake tan apasionadamente le había causado. Apartó con cuidado los mechones y la tocó suavemente. Entonces, se sintió culpable y la ocultó de nuevo rápidamente.

Para tratar de parecer más relajada que la noche en la que Drake la había invitado a cenar, se había puesto unos vaqueros azules con una camisa blanca y un abrigo marrón claro. Cuando vio que el rubor le cubría las mejillas, dejó de mirarse en el espejo y frunció el ceño.

Había tenido la esperanza de presentar una imagen de relajada compostura cuando lo viera, pero ya no había posibilidad alguna. ¿Por qué jamás podía evitar que los sentimientos se le reflejaran en la cara como hacían algunas personas? En realidad, tenía un aspecto asustado. No era la imagen de una joven que quería

enfrentarse directamente a una situación bastante vo-
látil...

–¿Tiene cita con el señor Ashton?

Monica, la eficiente secretaria de Drake, se puso en
pie como un centinela al ver que ella se acercaba. Entonces, miró a Layla de arriba abajo, como si estuviera
advirtiéndola que iba a necesitar un pequeño milagro
para conseguir ver a Drake.

–No, no tengo cita. Pensé... pensé en darle una sorpresa –dijo con voz insegura y tensa.

–No creo que el señor Ashton esté ni siquiera remotamente interesado en las sorpresas, señorita...

–Jerome.

–Sí, por supuesto. Estuvo aquí usted la otra noche,
¿verdad? La única diferencia es que, entonces, él la
estaba esperando.

–Así es. Mire, vengo desde muy lejos para verlo.
¿Puede decirle al menos que estoy aquí?

–Sé que usted debe de ser amiga suya, pero me
temo que no puedo. Tiene la agenda repleta para toda
la tarde. ¿Por qué no me deja su número de teléfono?
O, si lo prefiere, puede dejarle escrito un mensaje. Me
aseguraré de que él lo reciba.

La secretaria le ofreció un cuaderno de notas y un
bolígrafo a través del escritorio de cristal que, en aquellos momentos, parecía una barrera infranqueable que
Layla no podía cruzar. Sin saber lo que hacer, tomó el
bolígrafo y miró el cuaderno. Se sentía derrotada. Evidentemente, no había sido una buena decisión presentarse en el despacho de Drake sin avisar. Tal vez pudiera marcharse a un café y tratar de llamarlo al móvil...

Justo cuando se disponía a escribir un mensaje, la

puerta de su despacho se abrió y él salió. Llevaba un jersey azul cielo que se le ceñía al corpulento torso y unos vaqueros oscuros que destacaban sus fuertes piernas. Aquel día, él también iba vestido de un modo más informal. Al verla, se detuvo en seco, como si no pudiera creer lo que estaba viendo. A sus espaldas, un hombre muy bien vestido con un traje de raya diplomática se detuvo también. Entonces, decidió aprovechar la oportunidad de marcharse discretamente.

–Layla, ¿a qué debo este honor? –le preguntó él con una cierta ironía.

Ella dejó el bolígrafo sobre el cuaderno y se incorporó.

–Pensé darte una sorpresa –le dijo.

–Bueno, pues te aseguro que lo has conseguido.

–Anoche no pude hablar contigo.

–Es cierto... Sin embargo, ahora estás aquí. ¿Te apetece un café?

Antes de que Layla tuviera oportunidad de responder, Drake se volvió a su secretaria y le dijo:

–Monica, ¿podrías traernos unos cafés, por favor?

–¿Se le ha olvidado que tiene una cita con sir Edwin Dodd dentro de veinte minutos, señor Ashton?

–¿Te importaría llamarle para quedar en otro momento? Dile que me ha surgido algo muy importante.

La eficiente Monica no pudo ocultar su contrariedad.

–Esta cita lleva programada mucho tiempo, ¿no se acuerda? Seguramente ya está de camino y no creo que se tome muy bien que cancelen su cita en el último minuto...

Drake se cruzó de brazos y observó a su secretaria con una mirada de acero.

–¿Acaso me equivoco al pensar que soy yo quien manda aquí?

–Por supuesto que no. Discúlpeme. Llamaré a sir Edwin inmediatamente para presentarle sus disculpas. Luego, iré por los cafés.

–Gracias –dijo Drake. Entonces, miró a Layla y sonrió enigmáticamente–. ¿Por qué no pasas a mi despacho?

Layla pasó a la impresionante sala, con su vista panorámica y una gloriosa imagen del cielo azul a través del tejado. Entonces, oyó cómo él cerraba la puerta.

–Me alegra verte... aunque sea un poco inesperado. Dame tu abrigo y tu bolso.

Esperó a que Layla se desabrochara el abrigo antes de colocarse detrás de ella para retirárselo por los hombros. La potente mezcla de aroma cálido y masculino, con el sensual aroma que emanaba de su piel y el roce de sus dedos a través de la ropa hizo que se sintiera a punto de desmayarse. Le resultaba muy difícil pensar cuando estaba presa de una necesidad tan imperiosa.

Por el contrario, Drake parecía estar completamente tranquilo. Se movía muy lentamente, aunque tenía un aire preocupado. Después de dejar el abrigo y el bolso de Layla sobre una de las butacas, se volvió para mirarla.

–Vaya, vaya –suspiró–. Sabes muy bien cómo tenerme en ascuas, Layla Jerome.

–Lo siento. Debería haberte llamado primero.

–Entonces, tu presencia aquí no habría sido una sorpresa, ¿no te parece?

–No. No lo habría sido.

–Además, me da la impresión de que hablar por teléfono no es precisamente uno de tus pasatiempos favoritos.

Drake se acercó un poco más a ella y le agarró los brazos. Entonces, lenta y firmemente, acercó el cuerpo de ella al suyo. Layla contuvo el aliento.

—Cuando tu hermano se negó a ir a decirte que quería hablar contigo, sentí deseos de retorcerle el cuello –le confesó.

—No fue culpa suya. Yo le dije que no me molestara.

—¿Por qué? ¿Acaso era porque estabas enfadada por el hecho de que yo fuera a demoler esas casas en vez de renovarlas?

—No te voy a negar que eso me enfureció. Sé que tú te marchaste de nuestra pequeña y olvidada ciudad hace muchos años, pero hay muchas cosas que yo sigo amando de ella. Una de esas cosas son los edificios históricos. Me pone muy triste pensar que todas las familias trabajadoras que vivieron en ellas y experimentaron todas sus alegrías y sus penas en ellas ya no estén.

—¿Y sabes con toda seguridad que todas esas familias fueron felices en esas casas?

Layla notó algo en el tono de la voz de Drake que le provocó un nudo en la garganta.

—No, no lo sé. Simplemente...

—Yo crecí en esa calle, en una de esas casas históricas que tanto te gustan y, según yo la recuerdo, no tenía nada de hermosa cuando viví en ella. Desgraciadamente, tampoco fui demasiado feliz. Eso sí, hubo mucha tristeza. Y, además, te aseguro que mi padre no era nada trabajador.

–Lo siento mucho. No quería meter los dedos en la llaga al expresar mis opiniones, Drake.

–Olvídalo. Como tú has dicho, los fantasmas del pasado ya no están. Ahora, cuéntame. ¿Siempre te vas a la cama tan temprano?

La sorna con la que pronunció aquellas palabras reemplazó el dolor que había estado reflejado en sus ojos y ayudó a que Layla se sintiera algo más contenta después de la triste confesión que acababa de escuchar. Al menos, ya sabía por qué él estaba tan decidido a demoler aquellas casas.

–Cuando tengo que trabajar al día siguiente, siempre me voy a la cama muy temprano. Anoche, sabía que querías hablar conmigo, pero, ¿de verdad crees que hablar por teléfono es el mejor modo de conocer a alguien? Yo, personalmente, prefiero hablar con mis amigos cara a cara, en especial en lo que se refiere a hablar de temas personales.

Drake soltó una carcajada que le puso a Layla el vello de punta.

–Entonces, ¿ahora quieres ser mi amiga?

Drake le apartó el cabello y le colocó una mano sobre la mejilla. Comenzó a acariciársela suavemente con el pulgar, provocándole una miríada de sensaciones.

–Yo solo accederé a ser tu amigo, Layla, si se me permiten... ¿cómo podríamos decirlo?... ciertos privilegios.

Por muy atractiva que pudiera resultarle a Layla la idea de concederle aquellos privilegios, estaba decidida a mantenerse firme, aunque el contacto de la piel de Drake amenazaba con hacerle perder el control.

–Creo que ese comentario me parece más bien una estrategia para evitar el tema.

–Crees que estoy evitando algo, ¿verdad? ¿Y qué es lo que estoy evitando? –le preguntó él. Entonces, con una incorregible sonrisa, le colocó la mano sobre el hombro.

–Responder a la pregunta que te hice ayer sobre... sobre lo de que me permitas conocerte... sobre lo de darme la oportunidad de ver al verdadero hombre que hay detrás del exitoso arquitecto.

Una vez más, Layla contuvo el aliento mientras esperaba a que él respondiera. La sonrisa de Drake se desvaneció casi inmediatamente y sus ojos reflejaron una aterradora tristeza que le provocó a ella un nudo en el estómago.

–Esa pregunta provocó que anoche casi no pude dormir –le dijo él.

–¿Por qué?

–Antes de responderte a eso, yo tengo una pregunta para ti. ¿Por qué dejaste un trabajo en Londres, por el que presumiblemente te pagaban bien, para regresar a tu casa? ¿Qué ocurrió con tu jefe? Me dijiste que no era novio tuyo, pero me da la sensación de que ocurrió algo íntimo entre vosotros. ¿Se trató de una relación que se volvió amarga para ti?

Drake había vuelto a agarrarle los brazos, lo que aceleró los latidos del corazón de Layla.

–No tuve una aventura con él, solo... él me animó a beber en una fiesta de empresa y yo, como una tonta, terminé acostándome con él. Solo una vez y, después de eso, me odié a mí misma por lo que había hecho.

Furiosa porque Drake hubiera terminado haciéndola confesar a ella, Layla trató de soltarse, pero él no se lo permitió.

–Mi jefe era como muchos hombres que tienen riqueza y poder. Pensaba que todo eso era la llave para que él pudiera conseguir todo lo que deseara. Sin duda, después de que yo me negara a salir con él, le hizo sentirse mucho mejor conseguir que yo me emborrachara y que me acostara con él –susurró. Se sentía muy avergonzada–. Me desprecio a mí misma por haber sido tan débil, porque él era el hombre con menos escrúpulos y menos principios que he conocido nunca.

–¿Fue esa la razón de que dejaras tu trabajo?

Layla contuvo el aliento al recordar la vergonzosa traición que había terminado por obligarla a marcharse y miró a los ojos de Drake.

–No. Al menos no fue la principal. En otro momento de debilidad, dejé que me convenciera para que invirtiera todos mis ahorros en un negocio que era un chanchullo de principio a fin. Cuando perdí todo mi dinero, él se encogió de hombros y me dijo que lo ocurrido era consecuencia del negocio en el que estábamos. Que había que correr riesgos y que unas veces se ganaba y otras se perdía. Me dijo que me lo tendría que haber imaginado y que era una tonta por no haberlo previsto. En eso no se equivocó. Fui una tonta, una estúpida más bien. Mi sentido común me abandonó. Sin embargo, antes de invertir mi dinero en su negocio, estaba cansada de mi trabajo y de mi jefe. Tenía muchas ganas de marcharme. Quería dedicarme a algo con lo que pudiera ayudar a la gente, pero sabía que si quería estudiar necesitaba dinero para hacerlo.

Por eso me dejé engañar por mi jefe. Pensé que él, como broker, sabía cómo ganar dinero y que él mismo ganaba mucho corriendo ciertos riesgos. Supuse que sabía lo que estaba haciendo. Jamás pensé que me vendería de ese modo solo porque me acosté con él una vez y me negué a seguir haciéndolo. Resulta sorprendente de lo que podemos convencernos cuando estamos muy desesperados.

–Lo siento...

–Te aseguro que no lo sientes ni la mitad que yo. De una cosa estoy segura. Nunca jamás volveré a tomar una decisión basándome en mi propia desesperación.

–No hiciste nada malo, Layla. Los malos son las personas como tu jefe...

–Sea como sea, hay que aprender de estas experiencias. Eso era lo que me decía siempre mi padre. Ahora, ¿vas a responder tú a mi pregunta, Drake?

Él retiró las manos y se apretó las sienes con los dedos. Por primera vez, Layla se dio cuenta de las profundas ojeras que tenía en el rostro y que denotaban claramente el insomnio de la noche anterior.

–Lo he estado pensando mucho –dijo él por fin–. Te deseo, Layla. Estoy seguro de que eso ya lo sabes muy bien. Eres como una fiebre para mí, una fiebre de la que no me puedo recuperar. Por lo tanto, he decidido que te daré más acceso de lo que le he dado nunca a ninguna mujer antes y te dejaré que me conozcas un poco. Sin embargo, quiero dejarte muy claro que eso no significa que no habrá barreras, porque las habrá. Me cuesta compartir mis sentimientos y mis pensamientos. Tal vez es una costumbre que terminaré por romper alguna vez, pero habrá límites. ¿Crees que podrás soportarlo?

El corazón de Layla comenzó a latir con fuerza. Asintió lentamente.

–Sí. Al menos estoy dispuesta a correr ese riesgo.

Capítulo 6

DESPUÉS de que se tomaran el café, Drake decidió mostrar a Layla toda la empresa. Sabía que si seguían allí, a solas en su despacho, no podría mantener las manos alejadas de ella. Tuvo que soportar las miradas de curiosidad que todos les dedicaron, en especial los hombres. ¿Cómo podía culparlos, cuando la esbelta figura de Layla y su hermoso rostro eran un imán para todos los hombres con sangre en las venas?

Le había dicho que estaba dispuesto a permitir que lo conociera, con algunas excepciones que aún no había especificado. Se había empezado a sentir muy posesivo hacia ella y esa era una nueva sensación para Drake, una sensación que jamás había experimentado antes, ni siquiera con Kirsty.

Mientras recorrían las plantas, Layla pareció fascinada por los proyectos que se llevaban a cabo en cada despacho. Le interesaron particularmente los aspectos sociales y medioambientales de los proyectos, que los arquitectos, en especial los hombres, le explicaban con gran dedicación. Este hecho hizo que Drake se sintiera muy celoso.

Como se moría de ganas por tenerla de nuevo solo para él, Drake decidió que los dos regresaran a su despacho. Cuando llegaron al piso superior, se dio cuenta de que eran casi las seis de la tarde y que algunos de sus empleados ya se estaban preparando para marcharse a casa. Monica tenía un aspecto muy contrariado y con su actitud le comunicó sin necesidad de palabras que no le había gustado que llevara a Layla a recorrer las instalaciones.

–He cambiado la cita con sir Edwin Dodd para el lunes a las dos, pero las otras citas a las que no ha asistido han dejado dicho que los llame usted personalmente para establecer con claridad cuándo volverá a estar disponible. Aparte de esto, todo tranquilo. A menos que haya algo urgente, me marcho a mi casa.

–Gracias, Monica –replicó Drake con una sonrisa–. Te agradezco mucho tu trabajo de hoy. Sé que no te ha resultado fácil cancelar todas mis citas en el último minuto. ¿Son esos los números de los clientes a los que no he atendido esta tarde? –preguntó refiriéndose a una hoja de papel que ella le ofrecía.

–Sí –repuso Monica.

–Muy bien. Gracias de nuevo.

–En ese caso, buenas tardes.

Sin más, Monica se puso su impermeable, tomó su bolso y salió del despacho sin mirar atrás.

Drake se dirigió hacia su despacho y dejó caer el papel sobre el escritorio.

–Me da la sensación de que tu secretaria me va a considerar el enemigo número uno si me vuelvo a atrever a venir aquí, en especial sin cita –dijo ella mientras cerraba la puerta.

–Lleva este barco con mano de hierro y no le gusta que el capitán se salte las normas.

–No puedo culparla. Seguramente hoy ha tenido que anular varias citas importantes.

–¿Crees que eso me importa en estos momentos?

Drake se colocó directamente delante de ella. Ya no podía resistir la necesidad de estar cerca de ella. Mientras veía cómo ella hablaba y sonreía a sus empleados, lo había pasado muy mal porque no se había sentido libre de tocarla como ansiaba hacerlo. Ni siquiera se había atrevido a mirarla a los ojos por si se le notaba el deseo que sentía hacia ella delante de sus empleados. Por consiguiente, tenía la necesidad de desquitarse en aquel instante.

Agarró delicadamente la mandíbula de Layla e, inmediatamente, vio cómo los ojos de ella se oscurecían y brillaban un poco más bajo las negras pestañas. Sintió que el pulso se le aceleraba. La sedosa textura de su piel le hacía desear explorar todo su cuerpo sin contención alguna, ahogarse en su belleza y emborracharse de ella sin temor a las consecuencias ni para su corazón ni para su conciencia.

–Los has hechizado a todos –le dijo–. Vas a ser la comidilla de esta empresa durante muchas semanas.

–No lo creo.

–Entonces, es que no sabes nada de los hombres.

–Probablemente sea cierto.

Los hermosos ojos de Layla adquirieron durante un instante una expresión de preocupación. Drake se sintió muy culpable por haberle recordado a su antiguo jefe.

–Regresemos al presente. Espero que no hayas hecho planes para el fin de semana –comentó bajando la voz.

–¿Por qué?

–Porque me gustaría que lo pasaras conmigo.

–¿El fin de semana entero?

–Sí. Y me aseguraré de que el domingo por la noche llegas temprano a casa para que puedas meterte en la cama a tu hora habitual.

–Entonces, ¿estás pensando que pase la noche contigo? Es decir, no una sola noche, sino dos.

–¿Crees que podrías soportarlo? Mi casa tiene varias habitaciones de invitados. Si prefieres que no compartamos habitación hasta que me conozcas mejor, quiero que sepas que lo respeto.

–Gracias.

La sonrisa que ella esbozó indicó a Drake que había dicho lo apropiado. Se sintió profundamente aliviado. No quería que ni sus días ni sus tardes terminaran con discusiones o con desilusiones. Prefería sufrir el tormento de la frustración.

–¿Consigo un beso por ser tan considerado? –bromeó.

Como respuesta, Layla se puso de puntillas y apretó los labios suavemente contra los de él. Aunque el primer impulso de Drake fue devorarla, decidió que era mejor contenerse. A pesar de todo, sus manos le acariciaron la espalda e incluso se permitió aventurarse sobre la delicada curva del atractivo trasero de Layla.

–Se está haciendo tarde. ¿No deberíamos ir a cenar?

De mala gana, Layla liberó su boca de las sensuales y eróticas caricias de los labios de Drake. Lo miró y se percató del deseo carnal que lo atenazaba. Se preguntó cómo había logrado mantenerlo a raya y besarla con tanta delicadeza y contención. Si el encantador beso se hubiera transformado en una hoguera como la que habían encendido el día anterior, no le cabía la menor duda de que ir a cenar no habría sido la primera sugerencia que habría hecho.

Aunque se había sentido aliviada por el hecho de que Drake le hubiera dejado muy claro que no tenían por qué compartir dormitorio, se sentía muy nerviosa porque él la hubiera invitado a pasar la noche en su casa. No solo una noche, sino dos. Resultaba extraño cómo salían las cosas. Cuando se estaba preparando para viajar a Londres para visitarle por sorpresa, de algún modo se había encontrado metiendo un cepillo de dientes y unas braguitas limpias en el bolso... por si acaso. Se dijo que su comportamiento no había sido presuntuoso, sino que simplemente había sido sensato y práctico. Gracias a eso, estaba preparada para una eventualidad como aquella. Ciertamente era lo más práctico cuando le bastaba con mirar a Drake para tener los pensamientos más lascivos imaginables.

–Me parece una buena idea –dijo él–. ¿Qué te parece si vamos a mi casa y yo preparo algo para cenar?

–¿Sabes cocinar?

–Bueno, no te hagas muchas ilusiones. Estoy muy lejos de ser buen cocinero, pero puedo preparar cosas básicas como unas gambas salteadas o unos espagueti a la boloñesa. Si eres golosa, tengo helado de vainilla en el frigorífico.

–Pues vamos, chef. ¡Mi paladar es todo tuyo!

Tras dedicarle una sonrisa, Layla se dirigió a la butaca en la que él había dejado su abrigo y su bolso. Sin embargo, antes de que pudiera ponérselo, Drake se acercó a ella para ayudarla.

—Deja que te eche una mano.

—Gracias —susurró ella mientras aspiraba con delectación el aroma que emanaba de su cuerpo.

—Vamos.

Drake la agarró por los hombros para que se diera la vuelta y le dio un beso en la frente. Entonces, sonrió.

Ya había anochecido cuando el chófer de Drake detuvo el coche frente a la casa. Layla se bajó y comprobó que, después del frío invernal del día anterior, la temperatura era mucho más suave. Sintió un enorme placer por ello, dado que le parecía un buen augurio. Sin embargo, rápidamente apartó la atención de la suave temperatura para contemplar la impresionante casa que se erguía frente a ella.

Estaba situada frente a un jardín con el césped cortado a la perfección y una fuente en el centro. El edificio estaba muy bien proporcionado. Se trataba de una elegante casa de cinco plantas, con enormes ventanales y una puerta pintada de verde oscuro. La calle en la que estaba situada era seguramente una de las mejores direcciones de Londres.

Sintió que Drake se acercaba a ella silenciosamente.

—Así que aquí es donde vives. Es una casa muy hermosa.

—¿Por qué no entras para ver si su interior encaja también con esa descripción?

Layla sabía antes de entrar que así sería. Lo que no había esperado era que el interior de una casa con un aspecto exterior tan tradicional contuviera una mezcla tan ecléctica de elementos modernos y tradicionales.

Cuando Drake la condujo a la escalera, se sorprendió al ver que no había balaustrada y que un cristal era el elemento que delimitaba la escalera.

–Eres un enigma, ¿lo sabías?

–¿Qué quieres decir? –preguntó él.

–Bueno... –dijo mientras se detenía un instante para elegir cuidadosamente sus palabras. No quería correr el riesgo de ofenderle–. Diseñas unos edificios increíblemente modernos, pero vives en una casa muy tradicional del siglo XIX. Sin embargo, cuando uno entra por la puerta, hay otra sorpresa más. En vez de atenerte a lo más tradicional para decorar una casa como esta, mezclas lo moderno con lo antiguo. Eso me intriga. Tú me intrigas.

Drake se acercó a ella y lenta, pero deliberadamente, le colocó un mechón de su cabello detrás de una oreja. Layla detectó en sus ojos un profundo sentimiento de vulnerabilidad que, de ello estaba segura, se tomaba muchas molestias en ocultar al resto del mundo.

–Me alegro mucho de eso –replicó él–. Aunque yo no considero mi riqueza ni mi posición como una especie de llave que me ayuda a conseguir todo lo que quiero, tal y como le ocurría a tu jefe, acepto sin problemas todas las ventajas que pudieran actuar en mi favor. Al menos, en lo que a ti se refiere, Layla.

Cuando Drake le decía unas cosas tan seductoras, a ella le costaba muy difícil pensar.

–Entonces, ¿por qué vives en una casa como esta cuando eres famoso por diseñar algunos de los edificios contemporáneos más importantes del planeta? Me gustaría saberlo.

–Las palabras clave de la época de la Regencia eran la proporción, la simetría y la armonía. Eso me gusta mucho, al igual que el deseo de belleza que sus arquitectos utilizaban como guía. Además, sus casas tienen algo muy reconfortante, muy sólido. Sin embargo, también me gusta mucho el desafío de la modernidad, diseñar edificios que cubran las necesidades de hoy en día, tales como espacios más grandes en los que vivir y trabajar con mucha luz. Sin embargo, ya basta de hablar de diseño por hoy. Me parece que estoy trabajando. No sé tú, pero me muero de hambre. Deja que te muestre el resto de la casa y luego iré a preparar la cena.

–Admito que me encantaría comer algo, pero también me gustaría ver qué más has hecho aquí.

–En ese caso, sígueme, pero primero dame tu abrigo. Puedes dejar el bolso en esa silla de ahí –dijo. Esperó hasta que Layla hubo hecho lo que él le había pedido y le indicó que subiera la escalera delante de él–. Será un placer enseñarte mi casa.

Después de mostrarle a Layla tres cuartos de baño con todas las comodidades que se podían desear, varios dormitorios y un elegante salón que daba a un encantador porche, Drake propuso que vieran el resto de la casa después de que hubieran cenado. Se dirigieron a la cocina, donde él procedió a sacar de un enorme frigorífico los ingredientes para las gambas salteadas que habían decidido preparar.

La cocina era otra afirmación del buen gusto de Drake. Todos los muebles eran blancos y grises, con un aspecto muy contemporáneo. Efectivamente, la primera impresión al entrar en la cocina era que se trataba de una estancia muy moderna. Sin embargo, estaba decorada con pequeños lienzos al óleo de caballos y el típico techo antiguo que recordaba a las visitas que el dueño de aquella casa no solo se volvía loco por los diseños del siglo XXI.

—Me encanta tu casa, Drake. Creo que es la casa más interesante en la que he estado nunca —afirmó ella mientras él sacaba un wok de uno de los armarios.

—¿Te puedo preguntar a qué te refieres exactamente con eso de «interesante»? —le preguntó él tras dejar el wok sobre la placa.

Tenía el ceño fruncido por lo que a Layla le dio la sensación de que su comentario le había perturbado de algún modo.

—Solo quería decir que no es la clase de casa en la que esperaba que tú vivieras, pero me gusta mucho... y también cómo las has decorado. Eso es todo.

—¿No te parece que le falta algo?

—¿El qué?

Drake la miró fijamente.

—No lo sé. Calidez, tal vez. Algún atributo personal que le dé más aspecto de hogar.

Intuyendo lo que él quería decir, Layla sintió mucha pena de él.

—¿Crees que a ti te falta calidez, Drake?

Él se aclaró la garganta y se mesó el cabello.

–Llevo mucho tiempo viviendo solo. Algunas veces me preocupa que me haya aislado demasiado. ¿Cómo puedo ser el mejor arquitecto que pueda ser si he perdido el contacto con lo que la gente quiere de verdad en una casa?

–Eres el mejor arquitecto del mundo, Drake. Estoy segura de que eso te lo indica tu ingente catálogo de trabajos. ¿Acaso no te eligieron por eso para rehabilitar nuestra ciudad?

–No sé por qué he dicho lo que he dicho. Atribúyelo a que llevo trabajando desde las seis de la mañana. No me quejo, pero ha sido un día muy largo. De todos modos, debería ponerme con la cena.

–¿Es calidez lo que buscas en una casa? ¿Tal vez esa sensación es algo que no experimentaste de niño?

El brillo de acero que se reflejó en los ojos de Drake fue inmediato y muy intimidante, como las brasas de un fuego que podría ser potencialmente peligroso para todos los que se acercaran a las llamas.

–Recuerda que te dije que hay zonas en mi vida en las que no debes entrar. Me temo que esa es una de ellas.

–¿Acaso crees que si nunca hablas de esas cosas terminarán desapareciendo? En mi experiencia, eso no ocurre, Drake. No estoy diciendo que solo con hablar resultan más fáciles, pero al menos es un paso en la dirección adecuada para que te reconcilies con ellas.

Drake volvió a mirarla de la misma manera. Entonces, tragó saliva.

–El asunto está cerrado. Cerrado completamente, así que no vuelvas a sacar el tema, al menos hasta que yo no te indique que puedes hacerlo. ¿Está claro?

Layla asintió. Resultaba evidente que no debía seguir por ese camino. No quería estropear el fin de semana que tenían por delante. Simplemente, tendría que aceptar que debería andarse con pies de plomo con Drake hasta que sintiera que él estaba listo para una conversación más íntima sobre su pasado. Podría ser que él nunca estuviera listo para hacerlo, así que tendría que conformarse con ello o marcharse.

Cuando él se dio la vuelta para empezar a cocinar, ella le colocó una mano sobre la muñeca.

−¿Por qué no dejas que cocine yo? Tú te puedes servir una buena copa de vino y relajarte en el salón. Yo iré a buscarte cuando la cena esté preparada.

−Por muy tentador que eso me resulte, tú eres mi invitada, ¿recuerdas?

−Sí, pero soy una invitada muy dispuesta, a la que no le importa colaborar cuando la situación lo requiere. El hecho es que te noto tan cansado que te quiero ayudar. Venga. Ve a servirte una copa de vino y relájate. Yo rebuscaré por los armarios y encontraré todo lo que necesite.

Drake dudó durante unos instantes y luego cedió.

−Eres la clase de invitada a la que podría acostumbrarme −bromeó, antes de depositar un delicado beso en sus labios.

Layla sabía que si le rodeaba el cuello con los brazos y lo sujetaba contra sus labios, toda conversación sobre la comida y la cocina quedaría pospuesta por tiempo indefinido. No lo hizo.

−Espera hasta que hayas probado mi comida para ver si sigues pensando igual.

−¿Crees que sabrás usar la placa?

–Buena pregunta –replicó ella mientras observaba los botones y los mandos de la placa–. Estoy segura de que sí. Resulta un poco intimidante, pero no creo que necesite un título en física cuántica para freír unas gambas y preparar un poco de arroz.

Drake se echó a reír.

–Deja que te la encienda –comentó. Entonces, apretó un botón, hizo girar un mando y la placa se tiñó de rojo inmediatamente–. Tan fácil como eso. No se necesita saber física cuántica. ¿Crees que ahora estarás bien?

–Por supuesto.

–Bien. Entonces, te dejo con ello. ¿Te gustaría tomar una copa de vino mientras cocinas?

–Por maravilloso que pueda sonar, es mejor que no. Podría echar demasiada paprika o chili en el wok y, entonces, nuestra cena resultaría incomible.

–Comprendido entonces.

Drake tomó una botella, una copa y un sacacorchos y dejó a Layla con una irresistible sonrisa en los labios y una promesa en los ojos de que, si ella se lo permitía, podría apartarla del festín culinario más sublime aunque se estuviera muriendo de hambre...

Capítulo 7

DRAKE sabía que se había escapado por los pelos, pero, ¿cuánto tiempo podría seguir evitando hablar de su pasado con una mujer que hacía que sus barreras de antaño se desmoronaran cada vez que ella le sonreía o lo besaba?

Apoyó los codos sobre los muslos y observó la copa de vino que había dejado sobre la mesa de café. Se sentía inquieto. No hacía más que soltarse y agarrarse las manos, por lo que al final se levantó y se dirigió hacia el equipo de música para conectarlo. Cuando la voz de un cantante resonó en la estancia, haciéndose eco de los deseos de paz y de felicidad, Drake sintió un profundo anhelo en su corazón. Aquellos dos sentimientos habían estado lejos de su alcance desde mucho antes de lo que era capaz de recordar.

Había crecido en un ambiente de tensión y de ira. Incluso a la tierna edad de seis años, Drake había comprendido por qué su madre había abandonado a su padre. Él había sido un hombre amargado, celoso y airado que la habría tenido bajo llave si hubiera podido. Ella no tenía vida a su lado. Sin embargo, lo que Drake no podía comprender, y seguramente no comprendería jamás, era cómo había podido abandonar a un niño indefenso, dejándolo con el bruto con el que se había casado.

Aquello era algo que jamás había podido olvidar, al igual que la resolución, la fe y las agallas que había necesitado para salir adelante y superar una infancia rota y desarraigada para conseguir alcanzar la posición en la que se encontraba.

Efectivamente, había llegado a lo más alto de su profesión, había ganado dinero y una reconocida reputación, pero nada de eso le servía si, al final de su vida, seguía solo, sin alguien con quien compartirla. Recordó cómo su ex le había hecho la misma pregunta y la respuesta que él le había dado.

–No me interesa el matrimonio ni tener hijos. Eso no es para mí. Si eso es lo que quieres, entonces deberías marcharte para buscar a otra persona.

Kirsty le había tomado la palabra y había roto con él aquella misma noche. No hacía mucho que Drake se había enterado de que ella estaba prometida y que esperaba su primer hijo. Le deseaba todo lo mejor. Era una buena mujer, pero no el alma gemela que él había esperado encontrar, una mujer que lo aceptara por lo que era y que no tratara de moldearlo en lo que ella deseara que fuera. Lo que buscaba era una mujer de infinita comprensión, con una capacidad sin límites para el amor incondicional. Era mucho pedir.

¿Sería Layla aquella mujer?

Sacudió la cabeza. ¿Cómo iba a ser ella cuando no dejaba de hacerle preguntas incómodas sobre sus sentimientos y sobre su pasado? Lo único que quería era disfrutar de su cuerpo y de su compañía. No iba a especular mucho más allá de eso.

Apagó la música y regresó al sofá para tomar su copa de vino. Bebió un gran trago.

Se preguntó si había hecho bien en dejarla a solas en la cocina. Sonrió. Seguramente, lo que ella le pudiera cocinar no sería peor que lo que solía prepararle la incompetente ama de llaves a la que había despedido recientemente. Layla trabajaba en un café. Estaba acostumbrada a preparar comida. Que Dios le perdonara, pero le gustaba mucho la idea de que ella cocinara para él. De hecho, a pesar de que se había prometido que no especularía sobre el futuro, le gustaba mucho la idea de tenerla cerca...

El salteado de gambas resultó mucho mejor de lo que Layla había esperado. Drake y ella se lo terminaron todo. Tenía que admitir que le gustaba ver cómo él disfrutaba de una comida que ella había preparado.

Cuando terminaron de cenar, ella se levantó automáticamente para quitar la mesa y cargarlo todo en el lavaplatos.

—¿Adónde crees que vas?

—Iba a enjuagar los platos para meterlos en el lavavajillas.

—¿No te parece que cocinar una cena es una demostración de domesticidad más que suficiente para una noche? Efectivamente necesito un ama de llaves, pero a menos que tenga fallos de memoria, no creo haberte dado el puesto a ti.

—Recoger no es gran cosa...

—Esa no es la razón por la que te he invitado a venir a mi casa.

El tono de su voz le dejaba muy claro por qué la había invitado. Layla no podía negar que ella había estado pensando en lo mismo desde que lo vio aquella tarde... e incluso antes de eso, cuando había metido su cepillo de dientes y una muda de ropa interior en el bolso. Sin embargo, aún tenía miedo de rendirse a su deseo físico demasiado rápidamente. Resultaba difícil olvidarse de su exjefe...

–Me has invitado a venir a tu casa porque me presenté en tu despacho. Seguramente te sentiste obligado.

–¿Obligado? Debes de estar loca.

Drake se puso de pie y la tomó entre sus brazos. De repente, Layla se encontró completamente pegada al cuerpo de Drake de una forma muy íntima. El deseo que vio en sus ojos le detuvo por completo el corazón.

–Le juro a Dios que tú me has embrujado, mujer, porque no puedo pensar en otra cosa que no sea tenerte en mi cama.

–Me dijiste... me dijiste que tenías varias habitaciones de invitados y que no teníamos que compartir un dormitorio esta noche...

–En ese caso, debí engañarme par hacerme creer que tenía tanta fuerza de voluntad.

En el momento en el que él dejó de hablar, Layla supo sin duda alguna que estaba luchando contra una causa perdida. El deseo ya se había empezado a adueñar de su cuerpo como un torrente de libidinosa necesidad que no podía contener. La idea de pasar la noche a solas en uno de los dormitorios de invitados de Drake le resultaba tan peregrina como pensar en que podía cruzar un desierto sin agua. Sencillamente, no podía hacerlo.

–Y yo... yo no quiero pasar la noche sola en uno de tus cuartos de invitados, Drake.

–En ese caso, ven conmigo.

Layla le dio la mano y subió con él la escalera que conducía al piso superior. No se dio cuenta de ningún detalle de la decoración. En aquellos momentos, era ella la que se sentía como si estuviera presa de un embrujo. Cuando por fin llegaron al dormitorio de Drake, ella vio que, sin duda, se trataba de una habitación muy masculina, en la que predominaba una enorme cama.

Drake le soltó la mano para encender la luz. Las luces iluminaron suavemente la estancia de una manera delicada e íntima. Entonces, él cerró la puerta y se dio la vuelta. Miró a Layla y le agarró posesivamente las caderas.

–Déjame amarte –susurró–. Nada de hablar ni de hacer promesas que tenemos miedo de romper si las cosas no salen bien. Simplemente déjate llevar. Deja que seamos tan solo tú y yo en esta habitación... En esta cama.

Drake besó suavemente los labios de Layla y ella se sintió como si el embrujo bajo el que se sentía se convirtiera de repente en un sueño mágico y sensual del que ella nunca querría despertarse.

La calidez de la lengua en la boca prendió un fuego que le llegó hasta lo más profundo de su ser. Las rodillas amenazaron con doblársele y hacerla caer al suelo como si estuviera bebida. Se apoyó contra él para no caerse e inmediatamente sintió cómo él la sujetaba por la cintura. Entonces, la levantó sin esfuerzo y la transportó hacia la cama.

En el momento en el que él la dejó sobre el edredón de seda, Layla supo que tenía que decirle algo antes de que fueran más allá.

—No sé lo que te has imaginado, pero no... no tengo mucha experiencia en esto. La última vez fue con mi jefe y fue un terrible error. Desde entonces... desde entonces ni siquiera he deseado estar así con un hombre.

Drake le acarició delicadamente la mejilla.

—No me interesa tu pasado, Layla. Lo único que he imaginado es tú y yo aquí, juntos, en esta cama, escribiendo una nueva página de la historia de nuestras vidas.

—Yo también lo deseo, Drake, pero, si hablamos de la historia de nuestra vida, te tengo que preguntar si tú... si tú has compartido tu cama con alguien últimamente.

—No he estado con nadie desde mi ex y de eso hace seis meses, que fue cuando rompimos.

—¿Vivíais juntos?

—No.

—No quería husmear ni avergonzarte, Drake, pero tenía que saberlo.

—Lo comprendo. Ahora que los dos sabemos dónde estamos, ¿qué te parece si volvemos a donde estábamos?

De repente, Layla se sintió muy atrevida. Levantó las manos para enmarcar el rostro de Drake y tiró de él para poder besarlo. La barba ya había comenzado a nacer en su masculino rostro e, inevitablemente, el vello arañó la delicada piel femenina. A pesar de todo, ella lo besó con pasión, invitándolo a que él respondiera del mismo modo. Aquellos besos ardientes y apasionados condujeron inevitablemente a otra conflagración. La pasión y el fervor que latían en las venas de Layla la asustaban, porque, fuera lo que fuera lo que saliera de aquella apasionada y salvaje atracción, ella ya sabía que Drake impediría que volviera a estar así con otro hombre.

Drake apartó la boca de la de ella y respiró profundamente. Entonces, la empujó suavemente sobre la cama para que ella se tumbara de espaldas. Su mirada la atravesaba como un láser. Entonces, extendió las manos y le abrió la camisa de manera que los pequeños botones que unían sus dos partes salieron volando como si fueran confeti.

–Te compraré una nueva.

Antes de que pudiera aplicar el mismo tratamiento al sujetador, Layla se llevó las manos al broche, que estaba en la parte delantera, y lo abrió. Los pechos desnudos quedaron así expuestos bajo la mirada de apreciación del hombre que iba a ser su amante.

–Dios mío... Eres aún más hermosa de lo que había imaginado...

La ayudó rápidamente a quitarse la camisa y el sujetador. Segundos más tarde, de nuevo tumbado encima de ella, le dedicaba la sonrisa más seductora que ella había experimentado jamás. Entonces, inclinó la cabeza para capturar uno de los pezones entre sus labios. Ella estuvo a punto de alcanzar el clímax. La sensación de dolor y placer que los dientes de Drake le proporcionaban era tan potente que le llegaba hasta el mismo vientre. Drake movió los labios y le dio el mismo erótico tratamiento al gemelo. Layla gemía sin cesar, mientras le mesaba el cabello con los dedos para que Drake no pudiera apartar la cabeza.

Segundos más tarde, él se incorporó y se sentó sobre los talones. Su mirada dejaba muy a las claras sus eróticas intenciones. Lentamente, se desabrochó el cinturón y el botón de los vaqueros para poder bajarse la cremallera.

–Haz tú lo mismo –le ordenó mientras se metía la mano en el bolsillo trasero y sacaba un paquete que abrió sin esfuerzo.

Con la boca seca, Layla se quitó los zapatos de una patada y, con temblorosos dedos, se bajó la cremallera de los vaqueros. Levantó un instante el trasero de la cama para poder deslizárselos por los muslos. Drake terminó de quitarse toda la ropa y, con gran habilidad, se colocó el preservativo. La sangre de Layla latía con una necesidad primitiva al ver lo magnífico que era el fuerte y orgulloso cuerpo de Drake, bien tonificado, con fuertes músculos y un abdomen muy liso. Podría ser que su trabajo no requiriera esfuerzo físico, pero evidentemente no se olvidaba de la necesidad de mantener su cuerpo fuerte y en forma.

Antes de que Layla pudiera liberarse por completo de sus vaqueros, Drake se hizo cargo de la tarea con un aire de urgencia. Después, hizo lo mismo con las braguitas para después lanzarlas sobre el hombro. Entonces, se inclinó sobre ella y reclamó sus labios con un apasionado beso que no solo le robó el aliento a Layla sino que actuó como un terremoto en su ya caliente cuerpo. Drake aún estaba besándola cuando ella sintió la mano separándole con fuerza los muslos para comenzar a acariciar la parte más femenina y sensible de su cuerpo. El placer que provocó aquella caricia tan íntima fue tan intenso que Layla lanzó un profundo gemido. De repente, Drake se hundió en ella con un posesivo movimiento que no distaba mucho de ser algo brusco. Layla gimió con fuerza, expresando así el exquisito placer que sentía.

No era virgen, pero aparte del desafortunado encuentro con su antiguo jefe, llevaba mucho tiempo sin mantener relaciones sexuales. En consecuencia, los músculos de su vientre estaban más tensos de lo que había imaginado, por lo que era capaz de sentir cada delicioso centímetro de su amante. Aunque no había duda alguna de que Drake la deseaba, volvieron a aparecer las inseguridades. Ella tenía tan poca experiencia sobre cómo dar placer a un hombre... ¿Y si el sexo no resultaba lo suficientemente satisfactorio para él? ¿Y si lo desilusionaba?

Segundos más tarde, aquellos pensamientos se esfumaron por completo. Drake comenzó a moverse más rápida y más rítmicamente dentro de ella. Automáticamente, Layla se abrazó a él para sujetarse. Hacer el amor con Drake era como cabalgar sobre la ola más potente y más emocionante de todas.

Cuando las ardientes sensaciones que se fueron acumulando dentro de ella iban más allá del punto en el que podía controlarlas, le clavó las uñas en la espalda y gritó de placer a medida que las eróticas sensaciones fueron consumiéndola. Con un profundo gruñido y el sudor cubriéndole la frente, Drake se quedó completamente inmóvil. Layla comprendió que él también había alcanzado el cenit de aquella apasionada unión.

El corazón se le desató al ver que él no se apartaba inmediatamente de ella, como había pensado que haría. En vez de eso, Drake se inclinó sobre ella y la miró a los ojos.

—Tal vez no tengas mucha experiencia, ángel mío, pero en lo que se refiere a satisfacer los deseos de un hombre, puedes confiar en que tienes todo lo que un hombre necesita y mucho más...

Terminó su comentario con una sexy sonrisa que prácticamente le robó el corazón a Layla.

—Tú tampoco lo haces mal...

Después de darle un beso en los labios, Drake se tumbó sobre ella, colocándole la cabeza entre los senos, mientras le acariciaba suavemente el brazo. Layla gozó con el aroma que emanaba de su piel y el peso de su cuerpo. Decidió memorizar cada instante de aquella ardiente unión con Drake, sabiendo que fuera lo que fuera lo que el futuro le deparara, jamás lo olvidaría...

La segunda vez que hicieron el amor aquella noche fue igualmente apasionada, pero ambos repartieron caricias llenas de ternura y de consideración. Para alegría de Layla, Drake prestó particular atención al hecho de que ella recibiera tanta atención y tanto placer como él, si no más. A cambio, ella gozó con el hecho de que su intuición y su deseo la llevaban a descubrir exactamente dónde y cómo le gustaba a Drake que lo tocaran. De ese modo, todas sus dudas sobre el hecho de saber cómo hacerle gozar desaparecieron.

Después, se quedaron dormidos, abrazados el uno al otro, bajo la tenue luz que iluminaba la estancia.

A medianoche, ella se levantó porque necesitaba ir al cuarto de baño. Cuando regresó a la cama, apagó las luces que aún tenían encendidas. La habitación quedó sumida en una profunda oscuridad, acompasada por la suave respiración de Drake. Parecía estar profundamente dormido.

Contenta de que el sexo que habían compartido la hubiera ayudado a relajarse, Layla se acurrucó a su lado y cerró los ojos.

Unos minutos más tarde, notó que él la apartaba violentamente de su lado y que lanzaba un grito de pánico.

—Drake, ¿qué te pasa? —le preguntó mientras, a tientas, trataba de volver a encender la luz de la mesilla de noche

Vio que Drake tenía la piel cubierta de sudor y la respiración muy acelerada. Cuando él giró la cabeza para mirarla, Layla comprobó que tenía la mirada aterrorizada y que las profundidades de sus ojos estaban llenas de horror y de dolor, como si hubiera visto en persona el mismísimo infierno.

Layla se inclinó sobre él y le tocó cuidadosamente el hombro.

—Debes de haber tenido una pesadilla... un mal sueño. Ahora ya ha pasado, Drake. Estás a salvo conmigo. No hay nada de lo que preocuparse, te lo prometo.

Como respuesta, él le apartó bruscamente la mano y se mesó el cabello con los dedos. Entonces, se incorporó, aunque tardó algunos minutos en hablar. Cuando lo hizo, ni siquiera se dignó a mirarla.

—Apagaste las luces.

Layla se cubrió los senos con la sábana. El miedo se apoderó de ella. Aquella frase había sonado como una acusación.

—Sí. Lo hice automáticamente... cuando regresé del cuarto de baño.

—No duermo con las luces apagadas... nunca.

—Lo siento. No lo sabía. Si hace que te sientas más cómodo, puedo pasar el resto de la noche en una de tus habitaciones de invitados.

—¡No! —exclamó mirándola por fin—. No quiero esto.

—Está bien —susurró ella. La sangre se le había helado en las venas por segunda vez—. Me quedaré aquí contigo.

—Lo siento, Layla. Siento haberte asustado.

—Debe de haber sido un sueño terrible. ¿Quieres contármelo?

Drake la miró fijamente, como si una vez más se sintiera acorralado por algo terriblemente amenazador.

—Te ruego que no me lo pidas. No es algo que me sienta preparado para compartir. No sé si lo estaré alguna vez.

—¿Es esto uno de esos temas sobre los que no quieres que te pregunte?

Drake asintió. Tenía un aspecto tan triste... Aunque Layla quería saber desesperadamente reconocía que aquel no era el momento de preguntar más. Lo que Drake necesitaba en aquellos momentos era una comprensión sin preguntas y tal vez algo de consuelo. Las pesadillas podían asustar hasta a las personalidades más fuertes.

Layla se acercó a él para poder acariciarle la mandíbula. Entonces, lo besó tiernamente en los labios. Fue como acercar yesca a una llama. El deseo despertó inmediatamente entre ellos. Drake la abrazó y se la colocó encima del regazo, a horcajadas. Los encuentros de labios, lenguas y dientes se hicieron cada vez más urgentes y exigentes.

Cuando Drake le agarró las caderas para colocarla sobre su erección y para hundirse dentro de ella, Layla echó la cabeza hacia atrás y dejó escapar un gemido de placer. Aún se sentía un poco dolorida por su anterior coito, pero lo deseaba especialmente porque, en aquella ocasión, Drake la necesitaba verdaderamente. Por primera vez en su vida, descubrió que por fin sabía lo que se sentía al necesitar de verdad a un hombre...

En el momento en el que él comenzó a moverse más profundamente dentro de ella, le cubrió los senos con las manos. De vez en cuando pellizcaba los erectos pezones y le provocaba una oleada de apasionadas sensaciones. Con el cabello revuelto y el corazón latiéndole a toda velocidad, tanta que le resultaba difícil pensar, Layla lo miró a los ojos y se quedó completamente asombrada al comprobar la profunda intensidad de los sentimientos que veía reflejados en sus ojos.

–Eres una mujer muy sexy y muy hermosa –afirmó con voz ronca. Tenía la respiración entrecortada por la necesidad y el deseo.

Abandonó los senos para enmarcarle el rostro entre las manos. En el momento en el que sus labios establecieron contacto, Layla sintió que se tensaba debajo de ella y notó que él se vertía dentro de su cuerpo.

Casi no tuvo tiempo para pararse a pensar en lo ocurrido porque, un instante después, ella alcanzó su propio clímax. Echó la cabeza hacia atrás, para luego dejarla caer sobre el hombro de Drake con un gemido de placer que, rápidamente, se vio seguido por muchos otros.

Capítulo 8

LAYLA se estaba dando una ducha y lavándose el cabello. Como le había desgarrado la blusa la noche anterior, Drake le había dado una de sus mejores camisas de algodón antes de marcharse a comprar cruasanes calientes y mermelada casera de una pastelería cercana para desayunar. Cada vez que recordaba detalles de los momentos tan intensos que habían compartido la noche anterior, el cuerpo le latía lleno de pasión. Había dormido muy poco, pero aquella mañana se sentía el rey del mundo.

Entró en la casa y se dirigió a la cocina. Entonces, lo recordó y sintió un jarro de agua fría. Recordó que se había despertado en medio de la noche y, durante unos segundos, se había visto de nuevo empujado a la pesadilla que había sido su infancia.

Tomó el hervidor de agua y vio cómo le temblaba la mano. Aún no podía comprender por qué Layla no había insistido para que él le diera explicaciones. Había tenido todo el derecho de hacerlo. ¿Qué se habría pensado ella cuando le dijo que jamás dormía con las luces apagadas?

Contuvo el aliento cuando recordó lo que ella había hecho en vez de exigir respuestas. Se había acercado a él y, en un instante, le había llevado del infierno al cielo. Drake se había olvidado rápidamente de su pesadilla, en la que revivía cómo estaba encerrado con llave en la oscuridad y luego oía el portazo que le indicaba que su padre se había marchado al pub.

Ni siquiera cuando su padre regresaba, iba a abrirle la puerta a su hijo para ver si se encontraba bien. No. Drake se veía obligado a quedarse allí hasta que conseguía quedarse dormido llorando.

Para olvidarse de todo aquello, se centró en preparar café. Luego, colocó los fragantes cruasanes en un plato. Cuando se disponía a acudir al frigorífico para sacar la leche, se dio cuenta de otra cosa. Algo que lo dejó completamente inmóvil de sorpresa e incredulidad. Recordó que, en aquella segunda ocasión, presa del deseo y la fantasía de que Layla podría ser la mujer que de verdad pudiera ayudarlo a poner fin a las pesadillas y a la soledad para siempre, se había olvidado de utilizar preservativo. Además, dado que había estado tanto tiempo sin tener relaciones sexuales, dudaba mucho que Layla estuviera tomando la píldora. Por lo tanto, existía la posibilidad de que la hubiera dejado embarazada. Si eso se producía, sería el acto más descuidado que había cometido desde sus años de la adolescencia.

–Hola... ¿estás haciendo café?

Layla estaba en el umbral, con el cabello recién lavado iluminado por el sol. Llevaba puesta la camisa de Drake sobre los vaqueros y estaba tan hermosa que él se quedó sin aliento. Estaba convencido de que jamás había visto a una mujer más hermosa o deseable que Layla.

Cuando se acercó a ella, sintió que el corazón se le detenía.

–Hola. No solo estoy haciendo café, sino que he salido a comprar cruasanes y mermelada.

Layla se dejó abrazar como si fuera lo más natural del mundo.

–Debes de estar tratando de ganar el título de hombre más considerado del año. No te preocupes. Por lo que a mí respecta, ya has ganado el premio –dijo antes de darle un beso en los labios.

Drake se echó a reír.

–Ciertamente me he ganado un premio... Te aseguro que no voy a volver a lavar esa camisa cuando me la devuelvas.

–¿Por qué?

–Porque tendrá el aroma de tu sexy cuerpo. A partir de ahora, va a ser mi prenda favorita.

–Bueno, ahora, creo que deberíamos sentarnos para comernos esos deliciosos cruasanes que has comprado. Por supuesto, tan pronto como reacciones y termines de preparar el café –añadió ella, bromeando.

Cuando ella se apartó de él, Drake le tomó la mano y fue besando con veneración todos y cada uno de los dedos.

–¿A qué ha venido eso?

–¿Acaso necesito más razón que me apetezca? En realidad, no es del todo cierto –dijo sin soltarle la mano. Sentía en su corazón una calidez adictiva que no recordaba haber sentido antes–. Solo quería darte las gracias por lo de anoche... por comprender.

–No me gustó verte tan asustado. Fuera lo que fuera

lo que estabas soñando, yo solo quería tratar de ayudarte a olvidarlo.

–Y lo conseguiste.

Drake le soltó la mano para poder regresar junto a la cafetera y terminar de preparar el café. Entonces, Layla frunció ligeramente el ceño y le tocó suavemente el brazo.

–Drake...

–Anoche cuando... cuando hicimos el amor por segunda vez, no utilizamos preservativo.

–Estaba pensando precisamente lo mismo antes de que entraras. Normalmente tengo mucho más cuidado con esa clase de cosas, pero me temo que el poder de los acontecimientos me privó del sentido común. Comprendo que estés muy preocupada...

–Lo que ocurrió no solo depende de ti, Drake. Tú no eras el único que no estaba pensando en lo que debía, pero voy a tener que encontrar la farmacia más cercana cuando hayamos terminado de desayunar para poder comprar la píldora del día después.

Sin saber por qué, Drake se vio invadido por un extraño sentimiento. Si tuviera que describirlo de alguna manera, lo describiría como indignada protesta... como si algo que ni siquiera hubiera sabido que era muy valioso para él se le hubiera arrebatado de repente.

–Bueno, desayunaré primero y luego iré a buscar una farmacia. ¿Sabes si hay alguna por aquí?

–Sí –respondió él apretando la mandíbula–. No te preocupes. Te llevaré.

–Gracias –dijo ella. Bajó la mirada y se abrazó con fuerza, como si quisiera protegerse. Entonces, se dirigió en silencio hacia la mesa y se sentó.

En ese momento, Drake no pudo encontrar el valor suficiente para preguntarle por qué parecía estar tan triste...

El tiempo era bastante bueno, por lo que decidieron comenzar el día visitando una de las famosas galerías de arte de la ciudad. Sin embargo, mientras recorrían los pasillos del museo, la píldora del día después que Layla había comprado en la farmacia parecía estar haciéndole un agujero en el bolsillo del abrigo.

Parecía existir entre ellos el acuerdo tácito de no volver a hablar del tema. Ciertamente, Drake no le había sugerido que se tomara inmediatamente el contraceptivo. Seguramente era una locura y Layla no sabía por qué debía dudar tanto a la hora de tomarse la píldora con la botella de agua mineral que se había comprado también. Sin embargo, si era sincera consigo misma, sí que sabía por qué. Desde la noche anterior, tenía el corazón lleno de un romántico anhelo que no parecía poder controlar. Mientras paseaba por la galería, de la mano de su guapo acompañante, ese sentimiento se iba haciendo cada vez más fuerte.

¿Cómo se sentiría al ser la madre del hijo de un hombre tan enigmático? ¿Lo adoraría tanto como estaba segura de que ella lo querría? Aún había muchas cosas que desconocía sobre Drake. En más de una ocasión, se le había pasado por la cabeza que la pesadilla que había tenido seguramente implicaba algún terrible recuerdo de su infancia. El día anterior, él le había confesado que no había conocido mucha alegría en la casa en la que había crecido. Si pudiera persuadirle de que

compartiera algunas de las experiencias que lo ator-
mentaban tal vez podría ayudarlas así a desaparecer.

Se detuvieron delante del autorretrato de uno de los
artistas cuya obra habían ido a admirar. Layla observó
los profundos ojos azules que parecían estar llenos de
dolor y de pena.

—¿Qué te pasa? —le preguntó Drake.

—Pobrecillo, parece ser un alma tan atormentada...

—Y así era. Van Gogh vivía presa de la depresión
y, al final, terminó suicidándose. Sin embargo, al menos mientras vivió hizo lo que más le gustaba.

—Supongo que deberíamos dar las gracias por eso.
¿Sigue gustándote a ti lo que haces, Drake?

—Por supuesto.

—¿Dibujaste o pintaste de niño? —le preguntó como
por casualidad.

Una sombra cubrió inmediatamente el rostro de
Drake.

—Solo cuando estaba en el colegio.

—¿Y te gustaba hacerlo?

—Sí —admitió él con una media sonrisa—. Parece ser
que tenía algo de talento para la pintura. Supongo que
era la antesala de mi amor por diseñar casas, por lo
que terminé eligiendo la arquitectura como profesión.
Siempre creí que las casas en las que vive la gente de-
berían ser hermosas y que si yo las diseñaba podría
hacerlas tan hermosas como quisiera.

—Es una bonita intención. ¿Y en casa no pintabas
nunca?

—No.

—¿Acaso no querías?

Drake guardó un preocupante silencio.

–Evidentemente, este debe de ser uno de esos temas de los que no debo hablar, ¿verdad?

–Mi vida en casa no me permitía la libertad de dibujar o de experimentar con el color. Eso es todo lo que te voy a contar por el momento. Tal vez podamos hablar de esto en otro momento. Ahora, creo que deberíamos disfrutar del arte, ¿no te parece? Después de todo, para eso hemos venido.

Aunque la respuesta de Drake no había sido la que habría deseado, despertó en ella una ligera esperanza de que, por fin, estuviera pensando en decirle algo de su pasado.

Por alguna razón, de repente no pudo soportar el pensamiento de la píldora que tenía en el bolsillo. ¿Por qué no se la tomaba? No era una inmadura adolescente, sino una mujer hecha y derecha. La situación requería que fuera sensata y realista.

¿Por qué se había obsesionado tanto con la idea de tener un hijo de Drake? En su relación no había compromiso alguno. Ella tenía un trabajo por el que recibía un pequeño sueldo. Drake por su parte, tenía el importante proyecto de regenerar la ciudad en la que ella vivía. Lo último que ninguno de los dos necesitaba era tener que enfrentarse a la posibilidad de tener un bebé. Si a eso se añadía el hecho de que hacía muy poco tiempo que se conocían y que la tensión sexual que existía entre ellos en aquellos momentos podría desaparecer en breve, lo más lógico era tomar la píldora. Era la decisión correcta. Con cualquier otra cosa se estaría engañando, tal vez incluso peligrosamente.

Miró a su alrededor y vio el aseo de señoras al final

de la galería. Se soltó de repente de la mano de Drake y murmuró:

—Perdona, pero tengo que ir al cuarto de baño. No tardaré mucho.

—Layla...

—¿Sí?

—¿Te encuentras bien?

—Sí.

—Cuando vuelvas, iremos arriba para tomar un café en el restaurante. Después de ver todo lo que hemos venido a ver aquí, me gustaría llevarte de compras para que puedas comprarte una blusa nueva.

—No hay necesidad...

—Claro que la hay. Quiero que me devuelvas mi camisa —replicó él con voz ronca.

—Está bien —dijo ella—. Nos tomaremos un café, veremos el resto de la exposición y luego nos iremos de compras...

Con eso, se dirigió directamente hacia el final del pasillo sin volverse para mirar ni una sola vez si él la estaba observando.

Cuando salió del aseo de señoras, había estado sentada en el retrete al menos durante diez minutos. Entonces, cuando se hubo calmado lo suficiente para darse cuenta de la inutilidad de su comportamiento, se dirigió al lavabo para retocarse el maquillaje y ponerse el perfume que le quedaba de cuando aún trabajaba en Londres y se tomó la píldora. Entonces, levantó la barbilla y regresó a la galería para reunirse con Drake.

Lo vio sentado en uno de los bancos, con las manos en las rodillas y la cabeza gacha. No resultaba difícil deducir que no estaba meditando sobre el arte. Una vez más, estaba perdido en su propio mundo.

—Drake...

—Has vuelto —susurró él mientras se levantaba. Entonces, se acercó a ella y le dio un beso en los labios.

Aquella delicada caricia y los fuertes brazos que la rodearon sirvieron de antídoto para las dudas y los miedos que la habían acompañado al aseo de señoras.

—¿Acaso creías que no iba a regresar?

—Has estado mucho tiempo ahí dentro. Me estaba empezando a preocupar.

—Bueno, no había necesidad alguna de eso —replicó. Entonces, al ver la expresión del rostro de Drake, sintió que el corazón se le detenía—. ¿Y qué era lo que te preocupaba? ¿Acaso pensaste que me había marchado por la puerta trasera y te había abandonado?

—No bromees con ese tipo de cosas.

—Te aseguro que no era mi intención.

Entonces, Drake la miró a los ojos y le preguntó en voz muy baja:

—¿Te has tomado la píldora?

—Sí.

Drake la miró como si no supiera qué decir.

—Era lo que debía hacer —añadió ella—. Lo más sensato.

—Por supuesto...

—¿Hay algo de lo que ocurrió entre nosotros de lo que te gustaría hablar?

—¿Qué más podemos decir?

—Supongo que se pueden decir muchas cosas si estás dispuesto a ser más abierto sobre tus sentimientos. Dijiste que me permitirías conocerte, ¿lo recuerdas?

No puedo dejar de preocuparme sobre cómo lo voy a conseguir si sigues bloqueando todos los caminos que yo intento recorrer.

Drake se apartó de ella y se cruzó de brazos.

–Sé que no te va a gustar mi respuesta, pero este no es el lugar adecuado para una conversación tan personal. ¿Por qué no esperamos hasta que regresemos a mi casa para hablar allí?

–¿Lo dices en serio? –preguntó ella esperanzada–. ¿De verdad quieres hablar abierta y francamente, sin negarte a responder ninguna de mis preguntas aunque estas te incomoden? Para tranquilizarte, ya sabes que yo no soy una reportera sin escrúpulos que quiera conseguir un titular sobre tu vida. Drake... tú... tú me importas mucho.

–¿De verdad?

–Por supuesto que sí –respondió ella, molesta porque él dudara de su sinceridad–. ¿Por qué si no crees que decidí venir a Londres para verte? Además, a pesar del estúpido error que cometí con mi jefe, te aseguro que no tengo por costumbre tener aventuras de una noche. Me acosté contigo porque significaba algo para mí... ¿acaso no lo sabes?

Drake se encogió de hombros. Se notaba que se sentía molesto con el giro tan personal que había tomado aquella conversación.

–Está bien. Seré tan sincero contigo como pueda, pero solo si respetas el hecho de que hablar sobre mi vida y mis sentimientos no me resulta fácil. Si surgen temas particularmente difíciles, no quiero que te sientas molesta ni que te tomes personalmente el hecho de que no quiera hablar al respecto.

Como respuesta, Layla le atrapó una mano y la estrechó con fuerza.

–Te aseguro que no voy a someterte a la Inquisición, Drake. Si hay cosas sobre las que creas que no puedes hablar, por supuesto que las respetaré y, para que estemos iguales, te prometo responder a cualquier pregunta que quieras hacerme, ¿trato hecho?

Drake le rodeó los hombros con afecto y la estrechó contra su cuerpo.

–Ahora sé por qué se dice que las mujeres sois un poco mandonas –bromeó.

Capítulo 9

ANTES de que regresaran a casa, Drake llevó a Layla a una exclusiva boutique en Mayfair para que pudiera comprarse una blusa nueva. Desde el momento en el que él seleccionó la tienda hasta que entraron por la puerta, sintió que ella se sentía intranquila. No podía comprender por qué parecía tan reticente. Drake no había conocido a una sola mujer a la que no le gustara ir de compras. Sin embargo, ya sabía que Layla era única. No dejaba de sorprenderle.

La dependienta se alegró mucho al verlos entrar. Ante la insistencia de Drake, ella comenzó de mala gana a examinar las exquisitas blusas que colgaban de los exclusivos percheros. Entonces, tomó prácticamente la primera que vio, como si se muriera de ganas por volver a salir de la tienda.

Drake la miró con una sonrisa en los labios.

–¿De verdad te gusta esa? –le preguntó.

–En realidad, no quiero que me compres nada, si te soy sincera –suspiró Layla–. No me importa llevar puesta tu camisa hasta que regrese a mi casa.

–Pero no te marchas hasta mañana, ¿te acuerdas?

–En ese caso, mañana me podrás prestar otra camisa. Estoy segura de que tienes más de una.

Sus ojos color caramelo relucían con una mezcla de desafío y alegría. Durante un largo instante, Drake se quedó perplejo admirándola. En aquel momento, comprendió que estaba completamente loco por ella y que casi no podía soportar la idea de perderla de vista. A excepción de la madre que lo había abandonado, jamás había necesitado nunca a nadie con tanta desesperación. El sentimiento resultaba aterrador y emocionante al mismo tiempo.

–Por muy bien que te quede mi camisa, me gustaría mucho comprarte algo que sea exclusivamente para ti. Algo bonito y sexy que te haga pensar en mí cada vez que te lo pongas.

Layla se sonrojó.

–En ese caso, elige tú algo para mí.

A Drake no se le pasó por alto que a ella se le quebró la voz al contestar, lo que le indicaba sin lugar a dudas que se había sentido excitada por lo que él le había dicho. Entonces, encantado por la tarea que tenía entre manos, seleccionó un par de blusas mucho más delicadas que la que ella había elegido y se las entregó.

–Son demasiado finas –protestó ella–. Casi parecen ropa interior...

–Entonces, son justamente lo que estábamos buscando.

–¿Sí?

–Confía en mí. Cuando te las pongas, todo el mundo te va a admirar.

–Yo solo necesito una blusa, Drake, no dos. Además –añadió, acercándose a él para hablar todo lo bajo que le resultaba posible–, ¿has visto el precio que tienen?

Drake ni siquiera se molestó en mirar. Soltó una carcajada y le agarró suavemente la mandíbula.

–Eso es lo último sobre lo que tú te tienes que preocupar, ángel mío. Y no pienso disculparme solo por tener dinero y que eso haga que te sientas incómoda.

–Está bien –dijo ella con una sonrisa–, iré a probármelas. Dado que las has elegido tú, sería una grosería. Además, me resulta muy difícil negarme a nada cuando me lo pides mirándome de esa manera.

–¿Y cómo te estoy mirando?

–Como si yo fuera una deliciosa comida en la que has estado pensando todo el día.

Con una provocativa sonrisa, Layla se dio la vuelta y le preguntó cortésmente a la dependienta que le mostrara dónde estaba el probador.

Mientras Drake regresaba al salón y colocaba dos tazas de café sobre la mesita que había delante del sofá, Layla levantó la mirada y le sonrió.

–Mmm... justo lo que me apetecía después de esos deliciosos espagueti que has preparado para cenar. Ven a sentarte a mi lado...

–Esa era precisamente mi intención.

–Hemos pasado un día maravilloso juntos, ¿verdad?

–Así es.

Layla se quedó en silencio durante unos segundos antes de volver a hablar.

–Drake...

–¿Qué es lo que te preocupa?

–¿Crees que podríamos hablar ahora?

Drake se distrajo momentáneamente con la blusa de seda color marfil con la que ella había sustituido su camisa. Se había dado cuenta de que la tela era tan fina que se le veía hasta el encaje del sujetador. Sin embargo, cuando oyó lo que ella acababa de preguntarle, sintió que el alma se le caía a los pies. Resultaba cada vez más evidente que no iba a poder ocultarle la verdad de su pasado durante más tiempo.

Durante un incómodo instante se sintió como un animal acorralado. Se mesó el cabello con los dedos y se sentó en el sillón que estaba al otro lado de la mesa con un profundo suspiro.

—Bueno, ¿de qué quieres hablar? ¿De la música que me gusta? ¿O tal vez te gustaría escuchar cuáles son mis diez películas favoritas? —le preguntó.

Estaba haciendo tiempo, utilizando el humor para protegerse de las preguntas más complicadas. Sin embargo, cuando vio que Layla fruncía el ceño, se sintió un cobarde por haber adoptado aquella actitud.

—A pesar de que me encantaría saber cuál es la música que te gusta y tus películas favoritas, en estos momentos me gustaría que me hablaras un poco más de ti. Luego, como te dije antes, tú también me podrás preguntar cosas.

—En ese caso, ¿por qué no me haces directamente una pregunta para que yo pueda tratar de responderla?

—Muy bien. Me gustaría que me hablaras un poco de tu infancia.

—¿Qué es exactamente lo que te gustaría saber?

—¿Te resultó difícil ser hijo único?

—¿Comparado con qué? ¿Ser uno más de una familia numerosa? ¿Cómo voy a saberlo, dado que no sé lo que se siente al formar parte de una gran familia?

—Está bien. En ese caso, tal vez puedas decirme cómo fue para ti crecer en nuestra ciudad.

Aquella era la pregunta que Drake más había temido, pero estaba decidido a responderla. No quería que Layla pensara ni por un instante que le faltaba valor para hacerlo.

—¿Que cómo fue? En dos palabras, horrible y solitaria. Tenía una madre que estaba decidida a marcharse y un padre que era un violento y siempre estaba borracho. Cuando ella se marchó, la violencia subió un nivel más. No te puedes imaginar lo creativo que podía ser en lo que se refería a pensar en castigos para mí. Como consecuencia, yo siempre estaba pensando en escapar. Cuando mi profesora de Dibujo del colegio se fijó en mis habilidades para el dibujo y el diseño y me sugirió que podría estudiar Arquitectura, me aferré a esa posibilidad como si fuera un salvavidas para mí. Y así fue. Desde ese momento, no me importó lo que me mi padre me hacía porque sabía que algún día podría escapar... Me haría una nueva vida y escaparía de él y de nuestra aburrida ciudad para siempre.

—¿Y cómo lo hiciste? ¿Conseguiste las notas necesarias para ir a la universidad?

—Sí. Estudié mucho y, por suerte, lo conseguí.

—¿Volviste a ver a tu padre después de que te marcharas? —le preguntó ella tras tomar un sorbo de café.

—No. Tan solo regresé en una ocasión después de marcharme y fue para asistir a su entierro. No hace falta decir que fui el único que asistió. Digamos que no era el hombre más popular del mundo.

–¿Cómo murió? ¿Qué le ocurrió?

–El muy idiota se estrelló en la autopista cuando estaba bajo los efectos del alcohol. Murió en el acto. Ni siquiera era su coche. Lo había tomado prestado de alguno de sus amigos borrachos que se había creído que mi padre se lo devolvería de una pieza. Cuando hablé con él, me dijo que mi padre tenía la intención de ir a verme a la universidad. Por eso tomó prestado el coche. A menos que se hubiera producido un profundo cambio en él y quisiera disculparse conmigo por los malos tratos del pasado, lo dudo mucho.

–¡Dios mío, Drake! Siento mucho que tuvieras que enfrentarte a algo tan horrible tú solo –murmuró ella mientras se retorcía las manos–. Debió de ser muy duro para ti que nadie te apoyara desde tu casa, mandándote su cariño mientras estabas fuera estudiando y encima enterarte de que tu padre había muerto, posiblemente cuando se dirigía de camino a verte...

–¿Crees que fue duro para mí? Lo único que sentí cuando me enteré de que ese canalla se había matado fue alivio, una alivio tan grande que ni te imaginas.

–Dijiste que era cruel. ¿Es esa crueldad la razón por la que no te gusta dormir con las luces apagadas?

Drake palideció y tembló al recordar su vida de niño.

–Todas las noches, me quitaba las bombillas que tenía en mi dormitorio y me encerraba en la oscuridad. Con frecuencia, se marchaba y me dejaba solo hasta bien entrada la madrugada. Incluso cuando regresaba no abría la puerta para ver si yo estaba bien.

–¿Por qué? ¿Por qué hacía eso?

–Me dijo que eso me haría un hombre. Personalmente, creo que simplemente lo hacía porque podía.

–Deberías haberle denunciado... haberle dicho a alguien de tu colegio lo que te estaba haciendo. Esa clase de comportamiento inhumano es un delito, Drake.

–Haces que parezca tan sencillo. Sin embargo, ¿cómo le dice un niño asustado a alguien lo que está sufriendo cuando lo único que siente es vergüenza? ¿Cuando, en secreto, piensa que debe de haber hecho algo malo para merecérselo?

–Tú no hiciste nada malo. Solo eras un niño pequeño, por el amor de Dios. Tu padre era el adulto de la familia. Debería haberte cuidado como es debido. No se supone que un niño tiene que ganarse cuidados y cariño. Es uno de los derechos fundamentales de los niños en todo el mundo. Ojalá alguien te lo hubiera dicho para que no hubieras tenido que sentir miedo y vergüenza durante tantos años.

–Bueno, no fue así y yo salí adelante. Fin de la historia.

–Tal vez lo hayas conseguido a pesar de tus circunstancias, pero ese no es el final de la historia, Drake. Aún temes dormir a oscuras y tienes pesadillas.

–Eso no es asunto tuyo. Yo me ocuparé de ello. ¿Cambiamos de tema?

–Una pregunta más. ¿Te importa?

Antes de que Layla tuviera oportunidad de hacerla, Drake la interrumpió.

–Sí, me importa. Estoy seguro de que lo sabes, pero hazla de todos modos. Luego me toca a mí.

–¿Y tu madre, Drake? –le preguntó ella con voz suave y tierna, respetando el tenso ambiente que los rodeaba–. ¿Volviste a verla después de que se marchara?

–No. Evidentemente, ella solo quería dejar atrás los siete años de convivencia con mi padre, comenzar una nueva vida en algún lugar y olvidarse de nosotros.

–¿Y por qué iba a querer olvidarse de su hijo? Estoy segura de que eso no puede ser cierto, Drake. El corazón debió rompérsele en dos al dejarte atrás con un hombre como tu padre. Debió de estar completamente desesperada para hacer algo así.

Drake se tomó su café y se limpió los labios con el reverso de la mano.

–Desesperada o no, presumiblemente empezó una vida mejor en algún lugar y decidió no arriesgarse a perderlo regresando junto a mí.

Se puso de pie. Odiaba la tristeza y el dolor que le hacía sentirse tan vulnerable delante de una mujer por la que ya sentía demasiado, una mujer de cuyo rechazo, si este se producía, seguramente jamás se recuperaría. Durante unos momentos de desesperación, despreció a Layla por el poder que tenía sobre él sin saberlo. También se sentía furioso con ella por haberle convencido para que reviviera el tormentoso pasado que tanto se afanaba por olvidar.

Sin poder contenerse, se volvió hacia ella para mirarla con desaprobación.

–¿Estás contenta ya? ¿Qué más quieres saber sobre mí para que puedas estar ahí, tan contenta, analizándome? Un análisis que, sin duda, te ayudará a sentirte mucho mejor comparado con tus triviales desilusiones.

Atónita, Layla se puso de pie y se cruzó de brazos.

—No estamos compitiendo para ver quién ha sufrido más en la vida, Drake. Lo único que quería hacer era... lo único que esperaba era poder conocerte un poco mejor para que no sintieras la necesidad de ser otra persona. Para que fueras tú mismo, al menos conmigo. Sí. Todos hemos sufrido tristeza y desilusión en la vida y algunos de nosotros, como es tu caso, han tenido infancias muy poco felices. Sin embargo, eso no significa que deberíamos avergonzarnos de nuestro pasado y ocultarlo. Algunas veces, los desafíos y las experiencias difíciles que vivimos en la vida nos ayudan a convertirnos en las personas que somos, compasivas y consideradas.

—¿Es así como te sentiste cuando tu antiguo jefe te quitó tus ahorros? ¿Compasiva y considerada?

Al escuchar la cruel burla de Drake, Layla se abrazó con más fuerza. Necesitaba protegerse. Pensó si se habría excedido al hacerle hablar de un pasado que quería olvidar, pero decidió que así podría conseguir que él se abriera un poco más y que se forjara un vínculo más estrecho entre ambos. Sin embargo, él parecía sospechar de ella, dudar de sus motivos. Y si no había confianza entre ellos, no había nada que mereciera la pena.

—No. No sentí compasión alguna hacia él. Estaba demasiado ocupada culpándole de haberme engañado y culpándome a mí por haber sido una idiota y haber confiado en él... por haber sido tan ingenua como para

confiarle mis ahorros y por haber dejado que me se-
dujera.

–Te emborrachó.

–Sí, pero yo se lo permití. Le podría haber dicho
que no, pero él era un seductor y yo caí en sus garras.
De todos modos, con el paso del tiempo, decidí que
había aprendido una lección que jamás olvidaría. Para
empezar, me habría encantado darle el dinero que tenía a Marc para ayudarlo en su negocio. En cuanto a
mi jefe, que si sigue engañando a la gente, la vida le
enseñará una lección muy valiosa, una lección que espero que le haga reflexionar sobre su comportamiento
y que le impida seguir engañando a la gente. Al menos, eso es lo que espero...

Drake comenzó a pasear arriba y abajo por el salón. La expresión de sus ojos sugería que estaba tratando de buscar una salida a todo aquello, regresar tal
vez al punto en el que había entrado con los cafés en
el salón, instante en el que le podría haber dicho a
Layla que había cambiado de opinión y que ya no
quería hablar sobre su pasado.

Layla ansiaba decirle que había sido muy valiente,
pero decidió que era mejor no decir nada más para no
correr el riesgo de disgustarle.

De repente, él se detuvo en seco y se volvió para
mirar a Layla.

–¿Qué te hizo tomar esa píldora al final? –le preguntó.

–¿Por qué me preguntas eso? ¿Acaso pensaste que
no la tomaría y que simplemente fingiría haberlo hecho?

–No. Jamás pensé que tratarías de engañarme. Solo...

–¿Qué, Drake? Presiento que hay algo que quieres preguntarme.

–Cuando piensas en el futuro, ¿piensas en tener hijos?

Layla suspiró aliviada.

–Por supuesto –dijo con una sonrisa–. Algún día me encantaría ser madre.

–Algún día, cuando se presente el hombre adecuado, supongo...

Había pronunciado aquellas palabras con dureza y cinismo, lo que entristeció profundamente a Layla.

–Si con eso del hombre adecuado te refieres a un hombre al que ame con todo mi corazón y que quiera estar a mi lado durante el resto de mi vida, sí, será con él con quien desee convertirme en madre.

Los ojos de Drake la atravesaron como si fueran un láser.

–Mi exnovia quería tener hijos.

–¿Sí?

–Esa fue una de las razones por las que rompimos. Ella quería tener hijos y yo no. Más importante aún, yo no quería pasarme el resto de mi vida con ella, por lo que no quería que fuera en modo alguno la madre de mis hijos. Cuando le expliqué mis razones tan diplomáticamente como pude, aparte de acusarme de no tener sentimientos y de ser totalmente insensible por no comprender su deseo de casarse y tener hijos, me dijo que era el hombre más egoísta que había conocido en toda su vida y que no le cabía ninguna duda de que terminaría solo.

Layla sintió que se le encogía el corazón mientras esperaba a que él continuara.

–Y tenía razón.

–Algunas veces es bueno saber lo que uno no quiere –le dijo ella.

–Es cierto.

–Entonces, ¿te gustaría tener hijos si conocieras a la mujer adecuada?

–Ciertamente sería algo que podría considerar –admitió–. Yo solía pensar que no quería tener familia. Tal vez sea la edad, pero ahora no creo que esté tan cerrado a la idea como antes. ¿Te parece que lo dejemos ahí y que vayamos a dar una vuelta?

–¿Adónde quieres ir? –le preguntó ella perpleja.

–He oído que la noche va a ser muy despejada. Me gustaría llevarte a mi despacho para mostrarte las estrellas a través de mi techo de cristal.

–Está bien –accedió ella con una sonrisa–. Iré por mi abrigo.

–Layla...

–¿Sí?

–Lo que te dije antes no iba en serio. Yo solo... Solo estaba muy enfadado porque me hubieras hecho hablar de esas cosas. Ahora, me alegro de que lo hayas hecho.

Layla se acercó a él y le tocó la mejilla con las yemas de los dedos. Entonces, le dio un delicado beso. Inmediatamente, sintió que el fuego prendía entre ellos, pero antes de que pudiera consumirlos, levantó la cabeza y le dijo:

–Creo que el hecho de que me hayas hablado de tu infancia ha sido lo más valiente que he oído nunca.

Drake la estrechó con fuerza por la cintura.

–Me vienes bien para el ego, ¿lo sabías?

Layla ya había empezado a cerrar los ojos, incluso antes de que los labios hicieran que el fuego que habían hecho prender un instante antes se convirtiera en una hoguera incontrolable.

Capítulo 10

DRAKE había puesto una manta en el suelo junto con unos cojines sobre el suelo de madera de su despacho. Layla se acomodó a su lado y apoyó la cabeza en el hueco de su brazo para mirar con asombro la maravillosa estampa de miles de estrellas que titilaban gloriosamente en el cielo. Drake había estado en lo cierto cuando le había dicho que la luz que emitían resultaba tan brillante que no hacía falta encender las luces.

—¡Qué idea tan genial! —exclamó ella con entusiasmo.

—Así que ahora soy un genio, ¿verdad?

Por brillo y belleza, los turbadores ojos grises de Drake resultaban, en opinión de Layla, tan hermosos como las estrellas que brillaban en el cielo. En aquel momento, cuando él la miró a los ojos, ella comprendió que lo amaba. Se quedó completamente atónita. Lo único que pudo hacer fue observar su hermoso rostro y tratar de aprenderse de memoria todos sus rasgos para que aquella imagen la acompañara siempre que estuvieran separados.

—¿Qué pasa? —le preguntó él intuyendo que algo le había ocurrido a ella—. ¿Qué es?

—No pasa nada malo. De hecho, las cosas no podrían ser mejor.

De algún modo, consiguió desviar su atención para que él no pudiera darse cuenta de que la conclusión a la que ella acababa de llegar. Layla sabía que aquel no era el momento adecuado para compartir aquella noticia. Además, tenía miedo de que él no recibiera de buen grado aquella confesión y que incluso la rechazara si no estaba listo para explorar la posibilidad de que ellos pudieran tener un futuro juntos. Decidió que era mejor esperar.

—Simplemente... simplemente estoy disfrutando, eso es todo.

—Yo también —afirmó él con una sonrisa. Entonces, le dio un cariñoso beso en la frente.

Por una vez, parecían estar completamente tranquilos. Incluso Drake parecía estar más relajado.

Layla no pudo contener un suspiro.

—¿No te gustaría poder capturar algunas de tus más mágicas experiencias y poder guardarlas para siempre? Me refiero a poder guardarlas en un cajón para sacarlas cuando hayas tenido un mal día o simplemente necesites levantar el ánimo.

Drake le estrechó la cintura y la hizo pegarse aún más contra su cuerpo.

—Estoy completamente de acuerdo con lo que estás diciendo. Efectivamente, esta sería una de esas experiencias mágicas que nunca podré olvidar. En realidad, el fin de semana entero ha sido así.

—¿De verdad? Temía haberlo estropeado todo con mis preguntas sobre tu pasado.

—No has estropeado nada. Además, tenías todo el derecho a cuestionarme. Te prometí que hablaría contigo. De hecho, he empezado a pensar que tal vez ha-

bía llegado el momento de abrirme con alguien sobre
lo que me ocurrió de niño, aunque seguramente ha
sido una de las cosas más difíciles que he tenido que
hacer nunca. Y me alegro de haber confiado en ti –añadió mirándola con profunda ternura–. Te aseguro que
no se lo habría contado a nadie más y eso es cierto.
Mis secretos más profundos se habrían venido conmigo a la tumba.

–No digas eso... –susurró mientras le daba un beso
en la mano–. No puedo soportar pensar que te veas
atormentado por tu pasado durante el resto de tu vida
y que jamás se lo hubieras contado a nadie, que jamás
hubieras encontrado consuelo. Me alegro de que hayas hablado conmigo, Drake, aunque haya resultado
doloroso y difícil –añadió mientras lo miraba fijamente a los ojos–. Y me alegro mucho de que no me
odies por haberte hecho compartir tus secretos conmigo.

–Yo jamás podría odiarte, me hicieras lo que me
hicieras. ¿Acaso no lo sabes?

–Entonces, ¿significa eso que seguimos siendo amigos? –le preguntó ella aliviada.

–¿Es eso lo único que quieres que yo sea para ti?
¿Un amigo?

Antes de que Layla pudiera responder, Drake la
besó apasionadamente. Un instante después, la lengua
recorría ya el aterciopelado interior de la boca de ella
mientras las manos le enmarcaban el rostro y el
cuerpo de Drake cubría el suyo, apretándola contra la
manta que él había colocado sobre el suelo.

Por lo que se refería a Layla, era tan suave como
un colchón de plumas. No sentía incomodidad alguna.

¿Cómo podía sentirla cuando toda su atención se centraba en el hombre que, una vez más, la estaba llevando a un paraíso del que nunca había querido escapar y en el que deseaba permanecer junto a Drake para siempre?

Cuando regresaron a la casa y se retiraron a la cama, deliciosamente saciados tras haber hecho el amor, Drake no tuvo ningún problema en apagar la luz. No había necesidad alguna de preguntarse por qué la tarea que hasta entonces le había resultado tan complicada era de repente tan fácil. La noche ya no le daba miedo, al menos no con Layla tumbada a su lado. Aunque se había resistido con fiereza a compartir la verdad de su pasado con ella, Layla había roto de algún modo sus defensas para demostrarle que compartir su historia podría ayudarlo a deshacerse de los fantasmas que lo acosaban.

Por primera vez en años descubrió el valor que tenía poder confiar en alguien. Sin embargo, lo más importante que había aprendido de su conversación había sido la creencia de que no se había merecido que lo amaran era completamente errónea. No se le había negado el amor porque fuera malo, sino porque sus padres habían sido incapaces de cuidar adecuadamente de él. Eso no podía ser culpa suya.

Como resultado de aquella conversación, Drake pudo dormir por primera vez tranquilo, con su adorada Layla entre sus brazos.

Aquella noche no hubo pesadillas. Se sintió privilegiado y feliz cuando se despertó a la mañana siguiente con el glorioso canto de los pájaros y el sol entrando a raudales por las ventanas. Si no se enorgulleciera de ser un hombre muy lógico, podría haber dicho que aquello era muy buena señal.

Tenía muchas ganas de compartir sus pensamientos con Layla por lo que el pánico se apoderó de él cuando abrió los ojos y vio que ella no estaba a su lado. Se sentó en la cama como movido por un resorte y tocó su lado. Las sábanas aún estaban calientes. ¿Dónde estaba? ¿Duchándose tal vez?

Saltó de la cama y abrió la puerta del cuarto de baño. El aroma a champú le indicó que ella efectivamente se había dado una ducha, pero que ya no estaba allí. Regresó al dormitorio y se puso un par de calzoncillos limpios y unos vaqueros. Entonces, descalzo y con el torso desnudo, se dirigió a la cocina llamándola por su nombre.

—Estoy aquí —le respondió ella.

Cuando Drake se presentó en la cocina, ella se dio la vuelta con una sonrisa tan hermosa que a él se le olvidó lo que le iba a decir.

—Te has vuelto a poner mi camisa —observó. Se sintió inmediatamente excitado al ver las largas piernas y la provocadora línea de las braguitas asomando por debajo de la camisa.

—¿Te importa? Me puse lo primero que encontré después de darme una ducha para poder bajar a preparar el café.

—Puedes ponerte lo que te apetezca, aunque preferiría que no te pusieras nada en absoluto —musitó él mientras se acercaba a ella con una sonrisa.

–No me parece muy buena idea cuando estoy preparando café.

–¿Eres siempre tan cautelosa? –le preguntó Drake mientras le rodeaba la cintura con los brazos.

–Algunas veces no lo suficiente –murmuró ella mientras le ponía las manos sobre el torso, como si quisiera impedir que él se acercara más.

–¿Por qué? ¿Acaso no confías en mí?

–Cuando vienes a la cocina buscándome con intenciones lascivas en vez de querer disfrutar de mi delicioso café, no.

–¿Es que no puedo tener intenciones lascivas y disfrutar también de tu delicioso café?

–Claro que puedes, pero también tengo intención de preparar tostadas porque por las mañanas tengo mucha hambre. Por cierto, ¿dormiste bien anoche? Cuando me desperté esta mañana, parecías estar muy tranquilo. Por eso decidí dejarte dormir un poco más.

–Dormí perfectamente –admitió él con una sonrisa–. No recuerdo ni siquiera haber soñado.

–¿Nada de pesadillas?

–No. Para que veas qué efecto tan positivo causas en mí, señorita Jerome.

–Estoy aquí para complacerte.

–¿De verdad?

Un ligero rubor tiñó las mejillas de Layla.

–Hablando en serio, me alegro mucho de que hayas dormido mejor. Espero que eso empiece a ocurrir con regularidad porque te lo mereces, Drake. Por cierto, tengo una pregunta para ti.

–¿De qué se trata?

–¿Tienes mermelada de naranja? Es mi favorita para tomarla con las tostadas.

Drake se echó a reír y le pellizcó suavemente la punta de la nariz.

–Nena, tengo todo lo que tu corazón pueda desear.

Sin poder resistirse, la estrechó contra su cuerpo y gozó al sentir las suaves y femeninas curvas de Layla contra su cuerpo.

–Es una sugerencia muy atractiva –replicó ella–, pero por suerte para ti lo único que quiero en estos momentos es mermelada de naranja.

–¿De verdad? ¿Es eso lo único que quieres? –le preguntó él. Le deslizó la mano por la espalda hasta que descansó sobre el firme trasero de Layla. Entonces, la apretó contra él para que no le quedara ninguna duda de lo mucho que la deseaba. Estaba tan excitado que le dolía.

–No juegas limpio –se lamentó ella–. Por tentador que puedas resultar... por muy necesitado que estés... me temo que voy a tener que poner en práctica la testarudez de la que me acusaste en una ocasión. Antes de pensar en otra cosa, necesito desayunar.

Sin que pudiera impedírselo, Layla se zafó de ella y regresó junto a la encimera para sacar el pan. Drake comprendió que tendría que refrenar su deseo al menos hasta que ella hubiera desayunado.

–Ciertamente, sería un pésimo anfitrión si no te dejara desayunar –comentó él con una sonrisa. Entonces, se dirigió al frigorífico y sacó un tarro de mermelada de naranja–. ¿Por qué no preparas tú el café y dejas que yo haga las tostadas? Después de eso, regresaremos...

—¿A la cama? —dijo ella mirándolo con sus enormes ojos color chocolate.

—Exactamente lo que yo había pensado.

A Layla le costaba aceptar que el fin de semana estaba llegando a su fin. Drake ya le había explicado que, probablemente, no podría verla aquella semana por la cantidad de trabajo que tenía. Se lo había dicho con gran pesar. A Layla no le había quedado más remedio que decirse que tendría que aceptar su ausencia y rezar para que la semana siguiente ofreciera mejores perspectivas.

Mientras él la llevaba a su casa, Layla guardó silencio. No se atrevía a articular palabra por miedo a desmoronarse y a confesar que lo amaba. La perspectiva de despedirse de él aquella noche le parecía una sentencia de muerte. Se lo habían pasado tan bien juntos... No le parecía bien que tuvieran que estar separados ni siquiera una hora, cuanto menos una semana entera.

—Antes de dejarte en tu casa, me gustaría enseñarte algo.

Drake tenía un aspecto muy serio.

—¿Enseñarme qué? —le preguntó Layla, incapaz de contener la aprensión que se apoderó de ella.

—La casa en la que viví de niño.

Drake le dedicó una mirada inescrutable. En aquel momento, Layla se dio cuenta de que se estaban acercando a la callejuela en la que estaban las casas que él tenía pensado demoler para construir unas nuevas. La casa frente a la que se detuvo presentaba un aspecto lamentable. Tenía todas las ventanas rotas y la escalera de entrada estaba llena de basura y de botellas de cerveza rotas. Sin duda, algunos de los jóvenes sin trabajo se reunían allí.

Sin saber qué decir, agarró la mano de Drake. Dado que ya sabía algo de su infeliz pasado, esperaba que el hecho de visitar la calle no lo bombardeara de recuerdos. No resultaba difícil imaginar lo que debía de estar pensando y, sin duda, aquella era la razón por la que estaba tan decidido a demoler aquellas casas en vez de recuperarlas. Seguramente, había esperado que, cuando las casas estuvieran hechas pedazos, las horribles pesadillas desaparecerían también.

—Resulta raro —murmuró él—, pero me parece mucho más pequeña e insignificante que cuando yo era un niño. Si mi padre siguiera con vida, estoy seguro de que también tendría un aspecto más pequeño e insignificante.

—Si ese pensamiento te ayuda a no seguir viéndolo como un ogro y puedes deshacerte de tus recuerdos, me alegro de que pienses así. Sin embargo, estoy segura de que si él pudiera verte ahora, saber el hombre en el que te has convertido, se sentiría muy orgulloso aunque ni fuera artífice de tu éxito ni pudiera demostrarte sus sentimientos.

—Ese viejo canalla era demasiado malvado como para estar orgulloso de nada o de nadie... y mucho menos de su hijo. Estaba completamente obsesionado consigo mismo, pero gracias por pensar así.

Layla no se escondió de la amargura y la pena que notó en su voz, pero trató de mantenerse positiva.

—Sabes que si fuera renovada junto con el resto de

las casas de esta calle, esta casa podría ser muy bonita. ¿Estaba tan mal como está ahora cuando tú vivías aquí con tu padre?

Drake suspiró profundamente y negó con la cabeza.

–Siempre estuvo algo desastrosa, pero no tanto como lo está ahora, gracias a Dios. A medida que yo iba haciéndome mayor, trataba de mantenerla limpia al menos. Las ventanas nunca se rompieron porque yo me ocupaba de limpiarlas. No me atrevía a jugar al fútbol en el exterior de la casa por temor a estropear mi trabajo. Incluso entonces deseaba que lo que me rodeara fuera hermoso.

Layla se imaginó al niño que se había hecho cargo de los trabajos que debería haber realizado su padre para tratar de procurarse un entorno agradable para lo que debería haber sido una vida terriblemente infeliz.

–¿Te ha ayudado regresar aquí para volver a verla? –le preguntó.

–¿Quién sabe? Solo el tiempo lo dirá. En realidad, lo que pasaba era que no quería ocultarte nada. Por eso te he traído aquí. Quería que vieras por ti misma la casa y el ambiente en el que crecí. Quería ser sincero y mostrarte exactamente el lugar del que vengo. Quién soy realmente.

–Me siento una privilegiada por el hecho de que confíes en mí lo suficiente para mostrármelo. Sin embargo, te aseguro que tú no te has visto definido por tu pasado. Cada persona escribe su vida todos los días. Yo misma lo he comprendido no hace mucho. Pensar en cómo mi jefe me lo quitó todo no me ayuda a salir adelante ni a disfrutar de mi vida. Solo porque alguien nos haya hecho daño en el pasado, no tenemos que pensar que todas las personas que conozcamos en el futuro nos van a hacer daño también.

–Estoy seguro de que tienes razón. Ahora, antes de llevarte a tu casa, tengo algo que me gustaría decirte.

–¿De qué se trata?

–No voy a demoler esas casas. Las voy a renovar, tal y como tú me sugeriste.

Layla se quedó sin palabras.

–¿De verdad? –le preguntó llena de alegría y asombro–. ¿Qué te ha hecho cambiar de opinión?

–Tú, Layla. Tú me has hecho ver las cosas de un modo muy diferente. Me he empezado a preguntar si la rehabilitación de esta ciudad no supone una buena oportunidad para que yo pueda enterrar los fantasmas del pasado y volver a empezar. Tengo los medios y los conocimientos para ayudar a los que viven aquí a tener una vida mejor, una ciudad más hermosa que podría inspirarles a hacer algo bueno con sus vidas en vez de sentirse a la deriva. Eso es exactamente lo que pienso hacer. Voy a convertir mi antigua casa en ese club para jóvenes que tú me dijiste que necesita esta ciudad.

–¿Lo dices en serio?

–Completamente.

–No me lo puedo creer. Me siento tan orgullosa de ti, Drake. No dudo que, con el tiempo, todo el trabajo que vas a hacer aquí supondrá una tremenda diferencia para las personas que viven aquí.

–Hablando de tiempo, debería llevarte a tu casa.

Drake le tomó la mano y se la llevó a los labios casi con contención y cortesía. Incluso en aquel momento, Layla se dio cuenta del fuego que ardía entre ambos y que podía encenderse con una mirada y, sobre todo, con una caricia, lo que no resultaba fácil cuando sabían que muy pronto tendrían que despedirse. Se preguntó cómo iba a poder sobrevivir los próximos días sin verlo.

Como si a él se le hubiera ocurrido lo mismo, Drake apretó la mandíbula y pisó el acelerador. Sin embargo, mientras avanzaban por las desiertas calles Layla estuvo segura de que él, por fin, había dejado el pasado atrás y volvía a empezar de nuevo. Él le había dicho que Layla lo había ayudado a ver las cosas de un modo diferente. ¿Acaso significaba esto que podría escribir un nuevo guion para su vida, tal y como ella le había dicho? Si esa idea suponía un nuevo y más alegre futuro junto a ella, lo único que Layla podía hacer era rezar y esperar.

—Es la casa que está a la derecha.

—¿La grande de estilo victoriano?

—Sí.

Conducir a lo largo de calles de una zona más rica de la ciudad le indicaba a Drake que ella había tenido una infancia muy diferente a la suya. Solo tenía que recordar la amabilidad de su padre. Además, también tenía un hermano que la adoraba, el hermano que le había dado un trabajo cuando quiso volver a empezar.

Después de pasarse un fin de semana tan agradable a su lado, no le gustaba experimentar la inseguridad que estaba sintiendo en aquellos momentos. El hecho de saber que no iba a verla durante una semana entera no ayudaba.

Descendió del coche con ella tratando de no perder la compostura.

–¿Quieres entrar para tomarte un café conmigo antes de regresar a Londres?

–Eso sería genial –replicó él. Entonces, sonrió y agarró la mano de Layla.

La perspectiva de poder pasar un poco más de tiempo con ella le hacía sentirse completamente feliz.

Mientras subían los escalones del impresionante porche, la puerta se abrió. Marc apareció en el umbral para recibirlos.

–Por fin regresa la hermana perdida –le dijo mientras la abrazaba. Drake no tuvo más remedio que soltarle la mano, lo que le hizo sentirse un poco celoso–. ¿Estás bien? Solo Dios sabe la cantidad de veces que he tratado de ponerme en contacto contigo a lo largo del fin de semana, pero, evidentemente, habías apagado el móvil –añadió. Entonces miró a Drake–. Probé a llamarte a ti también, pero estaba igualmente apagado. ¡Cualquiera habría podido pensar que habíais desaparecido del planeta!

–Nos quedamos en el planeta –contestó Drake–, pero no puedo negar que nos hemos aislado del mundo durante un par de días.

–Estaba perfectamente bien, Marc –dijo Layla–. Ya sabes que soy capaz de cuidar de mí misma. No había necesidad alguna de que te preocuparas. Ahora, voy a subir a mi piso para preparar café para Drake y para mí. ¿Quieres unirte a nosotros?

–Gracias, pero no. Me temo que me llama la contabilidad. Por cierto, he preparado un par de bizcochos para llevarlos mañana al café. Tomaos un trozo si os apetece con el café. Me alegra volver a verte, Drake... aunque hayas secuestrado a mi hermosa hermanita durante todo un fin de semana.

—Yo también me alegro de volver a verte —murmuró Drake.

Se alegró de que fueran a subir al piso de Layla para poder disfrutar de un poco más de intimidad. En su casa de Mayfair, le había preguntado a Layla si le parecía que a su casa le faltaba calidez. Al mirar a su alrededor en el acogedor salón de su piso, decidió que ella jamás tendría que hacerle esa misma pregunta. Fotos, objetos personales y delicados toques femeninos marcaban la diferencia. De repente, se sintió muy inseguro sobre las esperanzas que había empezado a albergar durante el fin de semana.

¿Qué podía ofrecer él a una mujer como Layla aparte de riqueza material y todo lo que esta podía proporcionar? Dudaba además que esto fuera una manera de atraerla. ¿Por qué iba a querer abandonar una casa que adoraba y un hermano al que quería mucho para marcharse a Londres a vivir con él? Además, debía recordar que ella había abandonado la ciudad después de su mala experiencia para regresar al lugar en el que se sentía segura. Él por su parte, aunque fuera a reformar el aspecto general de la ciudad, no podía regresar para vivir allí. ¿Y si, incluso cuando acordaran un lugar de residencia, un día Layla lo abandonaba tal y como había hecho su madre?

—¿Te apetece un trozo de bizcocho con el café? —le preguntó ella mientras regresaba al salón desde la cocina.

—No, gracias. De hecho, creo que no me voy a quedar a tomar ese café. Tengo el móvil apagado desde el viernes por la noche y seguramente tengo al menos cincuenta o sesenta mensajes que necesito responder.

Layla se mostró muy desilusionada.

—¿No te puedes quedar tan solo media hora? Estoy segura de que treinta minutos no supondrán una diferencia abismal. En cualquier caso, no será muy tarde cuando llegues a Londres. Tendrás tiempo de sobra para responder tus mensajes.

Aquella sugerencia resultaba más que tentadora, pero Drake ya había tomado una decisión. Habían pasado unos maravillosos días juntos, y, en aquellos momentos, él necesitaba tiempo y espacio para ordenar sus pensamientos.

Sin pensar, atravesó el salón y la tomó entre sus brazos.

—Lo siento, nena, pero me espera una semana muy complicada. Tengo planos que debo estudiar además de responder mis mensajes. Te prometo que nos veremos muy pronto. Te llamaré en cuanto sepa cuándo tengo un poco de tiempo libre.

Layla se mostró primero triste y luego resignada. La mirada desilusionada que le dedicó hizo que Drake se sintiera como un verdadero delincuente.

—Si por alguna razón no puedes localizarme en el móvil, puedes dejarle un mensaje a Marc aquí o en el café...

—Estupendo. Ha sido un fin de semana increíble y he disfrutado de cada minuto que he pasado a tu lado, Layla —le dijo sinceramente.

Como respuesta, ella esbozó la más dulce de las sonrisas.

–Jamás podré olvidar haber estado tumbada sobre una manta en tu despacho mirando las estrellas a través de ese maravilloso techo de cristal.

–Volveremos a hacerlo muy pronto. Te lo prometo.

–Te tomo la palabra –afirmó ella. Se puso de puntillas y le dio un beso en los labios–. Es mejor que te vayas antes de que me ponga a llorar como una tonta.

Drake asintió.

–Gracias por todo –murmuró. Entonces, de mala gana, se apartó de ella y se dirigió hacia la puerta.

–Ha sido un placer –susurró ella. Drake se dio la vuelta para dedicarle una breve sonrisa.

Capítulo 11

LAYLA se dejó llevar por una actividad frenética para no tener tiempo para pensar en Drake. Cuando no estaba en el café trabajando, estaba limpiando y ordenando su piso o llevando las cajas de cosas que había logrado reunir a una tienda de segunda mano en beneficio de los niños enfermos. Después de eso, examinó ávidamente sus libros de cocina para encontrar nuevas recetas que pudiera preparar para Marc y para ella.

Solo en los momentos en los que bajaba la guardia, se dejaba llevar por los recuerdos de Drake.

A medida que la interminable semana iba llegando a su fin, ella recordaba cada vez con más frecuencia la sonrisa que él le había dedicado antes de marcharse. Deseó haber tenido el valor suficiente para preguntarle allí mismo que era lo que pensaba realmente de su relación. ¿Habría decidido que, después de todo, no quería tener una relación estable con ella, incluso después de contarle tantas cosas sobre su pasado? Este pensamiento le hacía sentirse muy vulnerable. ¿Acaso no sabía Drake que ella prefería morir antes que traicionarle compartiendo con otra persona lo que él le había contado?

Cuando la semana laboral llegó a su fin sin tener

noticias de Drake, Layla estaba completamente decidida a resistir la necesidad imperiosa de llamarlo. Decidió visitar el solar al que Drake le había llevado el primer día con la descabellada esperanza de que él pudiera estar allí.

Por supuesto, Drake no estaba

Cuando llegó, vio que los obreros habían terminado de trabajar. El paisaje embarrado y a medio construir tenía un aspecto desolado, frío y abandonado, una descripción que ciertamente podía aplicarse a sí misma.

Regresó a su piso y se sobresaltó al escuchar que el teléfono comenzaba a sonar. Se volvió a poner la cazadora que se había empezado a quitar y se apresuró en descolgar.

Era Drake... Tenía que ser Drake...

–¿Sí?

–Layla, soy yo. Colette.

Nunca antes se había sentido tan desilusionada al escuchar la voz de una amiga

–Hola –respondió. La mano le temblaba por la descarga de adrenalina que había experimentado al pensar que era Drake quien la llamaba–. ¡Qué agradable tener noticias tuyas! Hace mucho tiempo. ¿Qué tal estás?

–Bien. ¿Y tú?

–Bien, gracias...

A Layla le apenaba no sonar más convincente. Colette era una buena amiga.

–Pues a mí no me parece que estés bien. ¿Quieres hablar de lo que ha estado pasando?

¿Podía Colette leer el pensamiento? Layla se quedó atónita.

–He conocido a alguien. Eso es todo.

–Querrás decir que has conocido a un hombre por el que estás loca –afirmó Colette.

–¿Cómo lo has sabido?

–Si no estuvieras loca por él ni siquiera me habrías dicho que has conocido a alguien. No eres la clase de chica que se deja llevar por encuentros casuales que no significan nada. Ni por el sexo sin ataduras. Siempre he presentido que, cuando por fin conozcas a un hombre por el que te sientas verdaderamente atraída, será un todo o nada. ¿Quién es? ¿Dónde lo has conocido?

Layla decidió proteger la intimidad de Drake y no contarle a su amiga lo mucho, o lo poco, que sabía de él.

–Lo conocí aquí, en la ciudad...

–¿Es de aquí?

–No. Vive y trabaja en Londres.

–Entonces, ¿qué diablos está haciendo aquí?

La incredulidad de la voz de su amiga no la sorprendió. Su ciudad no era la joya del condado, al menos todavía.

–Trabajando. Forma parte del equipo profesional que va a trabajar en la rehabilitación de la ciudad.

–¿Y a qué se dedica? ¿Es topógrafo o delineante?

–Algo parecido.

–De acuerdo... Me he dado cuenta de que no quieres contarme nada. ¿Tienes planes para esta noche?

–No...

Layla deseó que aquella noche fuera a ver a Drake, pero le dolía mucho decir que no era así.

–En ese caso, ya está. En cuanto me arregle, me iré

a comprar una botella de vino y me iré a tu casa para hacerte una visita. No te preocupes de buscar una película en tu colección... ¡Tenemos demasiadas cosas de las que hablar para tener tiempo de ver una película! Adiós. Hasta ahora.

Layla escuchó cómo su amiga colgaba el teléfono y miró fijamente la pared. Se preguntó si tendría energía como para contarle a Colette lo ocurrido el fin de semana pasado cuando, en realidad, lo único que le apetecía era meterse en la cama y echarse a llorar.

Drake llevaba casi diez minutos sentado en su vehículo, ensayando mentalmente lo que le iba a decir a Layla. El primer obstáculo que tenía que superar era que ella estuviera en casa porque no la había llamado para avisarle de que iba a ir a verla. Al ver que las luces de su apartamento estaban encendidas, dio las gracias a Dios con verdadero fervor. Se dijo que, después de todo, el destino parecía estar de su lado.

No se podía creer que hubiera podido estar alejado de ella durante toda una semana. Era cierto que había tenido mucho trabajo y que prácticamente no había dispuesto de un minuto libre, pero la verdadera razón por la que no la había llamado era otra muy diferente. Se le había metido en la cabeza que ella no estaba dispuesta a comprometerse por lo que quería. En consecuencia, había dejado que la duda y el miedo le impidieran dar el paso que necesitaba dar.

Aquella mañana, por primera vez en muchos días, Drake se había despertado con la claridad de mente necesaria sobre lo que debía hacer. Sin embargo, en aquellos momentos, cuando estaba frente a la casa de Layla, ya no estaba tan seguro. Después de todo, no había garantía alguna de que ella se alegrara de verlo y mucho menos después del modo en el que él se había marchado la última vez que estuvieron juntos. ¿Y si ella pensaba que él era un terrible cobarde, peor aún, un canalla en el que no podía confiar?

—¡Maldita sea! —exclamó, presa de la frustración.

Rápidamente, se bajó de su Aston Martin y cerró la puerta con un fuerte y seco golpe.

Se colocó la corbata azul con la que acompañaba su traje hecho a medida y subió los escalones que conducían a la puerta principal. El corazón le latía con más fuerza que la vez en la que había recibido un encargo de manos de la misma reina. Cuando tocó el timbre, vio que la luz del recibidor se encendía poco después. Se moría de ganas por volver a ver a Layla y esperaba sinceramente que nada estropeara aquella noche.

—Vaya, vaya, vaya... Eso fue lo que me dijiste tú cuando me presenté por sorpresa en tu despacho. ¿A qué debo el honor?

Layla iba vestida con unos vaqueros negros y un jersey de color tostado. Iba descalza y lo estaba mirando como si fuera la última persona sobre la Tierra a la que hubiera esperado ver allí. Sin embargo, su fría bienvenida hizo que la determinación de Drake fuera aún mayor. La miró de arriba abajo con una sonrisa en los labios.

—Si te digo que esta semana te he echado de menos más de lo que nunca he echado de menos a nadie en toda mi vida, ¿me invitarías a entrar para tomar el café que rechacé la última vez que estuve aquí?

Layla estaba agarrada a la puerta, como si no supiera si dejarlo entrar o no. Sin embargo, en sus ojos había un brillo que le dio esperanzas a Drake.

–¿Es eso lo único que quieres? ¿Una taza de café?

–Bueno, una taza de café sería un comienzo.

–¿Un comienzo para qué, exactamente?

–Espero que para una conversación sincera y franca.

–A mí también me gustaría eso, pero me temo que vas a tener que esperar hasta que mi amiga se marche. Ha venido para darme un poco de apoyo femenino.

–¿Apoyo para qué? –preguntó él frunciendo el ceño.

Layla se sonrojó.

–Hay veces en las que las mujeres necesitamos una buena amiga con la que sincerarnos. Este es uno de esos momentos.

–¿Me estás diciendo que necesitabas hablar con alguien sobre nosotros?

–¿Y a ti qué te parece? ¿Se te ha pasado por la cabeza pensar que yo me podría estar sintiendo algo deprimida después de que tú te marcharas tan repentinamente el domingo? Estábamos muy bien y, de repente, venimos aquí y tú decides que tienes que marcharte. No he hablado de nada personal con Colette, pero estaba pensando en decirle que había conocido a alguien que me... Bueno. Entonces, sonó el timbre. No podrías haber elegido mejor el momento de tu llegada a esta casa.

–¿Y qué le ibas a contar a tu amiga? ¿Que te llevé a mi casa, que te seduje sin piedad, que te traje a tu casa y que me marché precipitadamente sin darte noticias de mi paradero desde entonces?

–Yo jamás habría descrito lo ocurrido entre nosotros de esa manera. ¿De verdad creías que sería capaz?

–Mira... ¿puedo entrar? ¿No le puedes decir a Colleen, o como se llame, que he venido desde Londres especialmente para verte y que necesitamos hablar? –le preguntó con gesto impaciente.

Layla respondió mucho más tranquilamente, aunque el tono de su voz indicaba que se sentía molesta.

–Bueno, no sé... Si tanta prisa tienes por hablar conmigo, ¿por qué no me has llamado durante la semana para decirme que ibas a venir esta noche? Por cierto, se llama Colette, no Colleen. Es una buena amiga y no la veo con frecuencia. No pienso correr el riesgo de ofenderla pidiéndole que se marche solo porque tú, de repente, hayas decidido que necesitas hablar conmigo.

–Está bien. Esperaré hasta que se vaya –dijo él con resignación–. Es decir, si te parece bien...

–Es mejor que entres.

Layla se hizo a un lado para franquearle el acceso a la casa. Drake tuvo que apretar los puños para no tomarla entre sus brazos.

–Vamos arriba. Colette estaba a punto de abrir la botella de vino que ha traído. ¿Te apetece una copa?

–Creo que no. Esta noche quiero tener la cabeza muy serena.

–En ese caso, te preparé un café.

–Eso sí, gracias.

Drake la miró atentamente y vio que ella tenía las pupilas más dilatadas de lo que debería. Entonces, comprendió que Layla estaba librando una batalla muy similar a la de él.

–Debería haberte llamado –admitió él–, pero quería pensar. Tenía que pensar en muchas cosas. ¿Me perdonas?

–Ahora estás aquí. Eso es lo único que importa.

Subieron las escaleras y en lo alto se encontraron con una joven muy guapa, de cabello rubio, que llevaba puesto un impermeable, una blusa y unos vaqueros. Estaba esperándoles.

–No te irás a marchar, ¿verdad, Colette? –le preguntó Layla.

–Cielo, ahora ya no me necesitas. No tenía intención de escuchar la conversación, pero supuse que la voz masculina que oí era la del hombre sobre el que me ibas a hablar –dijo. Entonces, miró a Drake con una sonrisa–. Soy Colette, la amiga de Layla –añadió. Extendió la mano para estrechar la de él–. ¿Y usted es?

–Drake. Drake Ashton.

–¿El famoso arquitecto que está ayudando a regenerar la ciudad?

–Soy uno más del grupo de profesionales al que se le ha encargado el proyecto.

La rubia lo miró con curiosidad.

–¿Y los demás profesionales están tan buenos como tú, Drake?

–¡Colette! –exclamó Layla sin poderse creer el atrevimiento de su amiga.

–No te preocupes, Drake. Estaba tan solo bromeando. Layla sabe que estoy felizmente casada y que, en estos momentos, me marcho a mi casa para sugerirle a mi media naranja que salgamos de cenita romántica a algún sitio. ¿Por qué no abrís esa botella de vino para vosotros dos y la disfrutáis a mi salud?

Drake vio que Layla tenía el ceño fruncido, como si le molestara que su amiga tuviera que verse obligada a acortar su visita. Le agarró la mano y se la apretó cariñosamente.

–Te prometo que la próxima ve que Colette y tú organicéis una fiesta privada, no os la estropearé exigiendo que me dediques a mí ese tiempo.

–Pues todo arreglado –dijo Colette–. Yo me voy.

–La próxima vez yo pongo la botella de vino –prometió Drake.

–Te tomo la palabra, pero aseguraos de que os divertís los dos esta noche. ¡Ah! Una cosa más, Drake...

–¿De qué se trata?

–No le rompas el corazón. Confía en mí si te digo que eres un hombre con suerte de que ella esté interesada por ti. Estaba empezando a preguntarme si encontraría alguna vez alguien que le gustara de verdad.

–Puedes estar tranquila.

Layla se acercó a Colette para darle un abrazo.

–Gracias por venir. Te prometo que te llamaré pronto.

–Eso espero. Adiós, cielo.

En cuanto Drake y ella se quedaron a solas, Layla quedó sumida en un profundo silencio. La siguió a la cocina y allí, sobre la encimera, vio una botella de vino acompañada de dos copas y un sacacorchos.

–Sé que te dije que me tomaría un café, pero ¿rompemos el hielo tomándonos una copa de vino?

–¿Romper el hielo, dices? –le preguntó ella con incredulidad–. ¿Acaso nuestra relación se ha hecho tan frágil desde la última vez que nos vimos que necesitamos algo que nos ayude a romper el hielo para poder comunicarnos? Yo prefiero ir directamente al grano.

–Estoy de acuerdo. ¿Por qué no?

–¿Estás de acuerdo? –le preguntó ella con un gesto adorable.

–Sí –contestó él levantando las manos con un gesto de rendición–. ¿Por qué no me dices tú primero lo que has estado pensando?

–Está bien –replicó Layla mientras se cruzaba de brazos–. El domingo cuando me dejaste aquí, en casa, ocurrió algo. Tú ibas a quedarte para tomar un café, pero, de repente, cambiaste de opinión. Personalmente, con creo que tu urgente partida tuviera nada que ver con el trabajo o con los mensajes que pudieras tener. Creo que el hecho de estar en mi casa te hizo sentirte incómodo. ¿De qué se trataba, Drake? ¿Acaso temiste que yo comenzara a exigirte cosas que tal vez no te sientes preparado para aceptar?

–No temí que me hicieras exigencia alguna, Layla, pero tienes razón. Ocurrió algo. Tenía mis reservas sobre el hecho de mostrarte la que había sido mi casa. Después de que yo te la mostrara vinimos a la tuya y yo vi que tú te habías criado en una parte mejor de la ciudad, en una casa muy bonita, la casa que compartes con un hermano que te adora y al que tú quieres con locura. De repente, me pregunté qué era lo que yo podía ofrecerte que pudiera actuar como incentivo para que tú renunciaras a todo esto solo por estar conmigo.

–¿De verdad no sabes lo que me puedes ofrecer? –le preguntó ella, completamente asombrada.

–Miremos los hechos, ¿de acuerdo? Tú tienes una hermosa casa, que está repleta de recuerdos familiares, una casa a la que decidiste volver cuando las cosas se te pusieron feas en Londres. Yo, por mi parte, jamás podría volver a vivir en esta ciudad, a pesar de que voy a llevar a cabo su rehabilitación...

—¿Me estás diciendo que quieres que estemos juntos, Drake? ¿Que quieres que yo viva contigo?

Drake se acercó lentamente a ella.

—Sí. Eso es exactamente lo que estoy diciendo, Layla.

Ella se sonrojó.

—¿Por qué quieres que viva contigo?

Drake le colocó la mano sobre la mejilla.

—Quiero que vivas conmigo porque estoy loco por ti. Loco hasta el punto de sentir que estoy bajo la influencia de un hechizo. Incluso cuando estoy trabajando, no puedo dejar de pensar en ti. Lo que estoy tratando de decirte, Layla, es que te amo. Te amo más de lo que jamás hubiera soñado que pudiera amar a nadie. No quiero dejar escapar la única oportunidad que tengo de ser feliz dejándote escapar. Si tú no quieres vivir en Londres y yo no puedo vivir aquí, vamos a tener que encontrar otro lugar que nos satisfaga a los dos.

—¿Qué te hace pensar que yo jamás consideraría vivir contigo en Londres?

—Bueno, pues la mala experiencia que tuviste con tu jefe —dijo él mientras le colocaba las manos en las caderas—. Comprendo perfectamente que una experiencia así te podría quitar las ganas de vivir allí. También comprendo que para ti significa mucho vivir aquí. Aparte de los recuerdos de tus padres, tienes un trabajo. Por eso, dudo que accedas a venir a vivir conmigo. ¿Lo harías?

—Parece que crees que sabes mucho sobre lo que yo quiero y lo que no quiero. ¿Te importaría darme la oportunidad de decirte yo misma lo que quiero?

–Por supuesto.

Layla sonrió.

–En primer lugar, yo también te amo, Drake. No sé cuándo ocurrió... Tal vez cuando me miraste por primera vez con tus increíbles ojos grises. Jamás había creído que me enamoraría de nadie tan rápidamente y eso al principio me dio mucho miedo. Sin embargo, la verdad es que viviría contigo en el lugar que tú desearas solo por estar a tu lado. En cuanto a Marc, estoy segura de que podré persuadirle de que alquile mi piso para poder sacar un poco de dinero extra para pagar sus deudas y decorar el café.

–¿Y tu trabajo aquí?

–Había pensado en quedarme hasta que terminara la remodelación de la ciudad, pero no tengo intención de seguir viviendo aquí. Por eso, si quieres que me marche contigo antes de terminar, lo haré. Puedo buscar un trabajo cerca de donde estemos viviendo –dijo. Entonces, levantó la mano y le apartó un mechón de cabello que le cubría la frente–. Hay una cosa más que quiero decirte. Cuando perdí los ahorros de toda una vida, no perdí en realidad nada de valor. Aunque me sentí disgustada y desmoralizada, cuando me vine aquí comencé a darme cuenta de que debería estar agradecida por lo que tenía y no lamentar lo que había perdido. Lo que más valoro son las personas que amo.

Drake le tomó la mano y se la llevó a los labios para besarle la palma.

–Eres una mujer increíble, ¿lo sabías?

–No. No lo soy, eres tú quien es increíble. Regresar aquí para ayudar a la gente de esta ciudad y traer la esperanza de una nueva a esta comunidad después de las tristes experiencias que viviste aquí es algo maravilloso. Por cierto, ¿por qué decidiste aceptar el proyecto?

—Supongo que, inconscientemente, estaba tratando de recuperar mi relación con este lugar para conseguir que mis recuerdos se convirtieran en algo positivo. Ahora, me alegro de haberlo hecho porque esa decisión me trajo hasta ti, Layla. Ahora, tengo garantizados los buenos recuerdos que siempre he deseado. Jamás pensé por un momento que encontraría a la mujer más hermosa del mundo viviendo aquí. Creo que me enamoré de ti inmediatamente. Ciertamente, es un sueño hecho realidad.

—Yo soy una persona normal, Drake... No creo que sea la mujer más hermosa del mundo.

—Cariño, vas a tener que aprender a aceptar los cumplidos si vas a estar a mi lado. Tengo la intención de decírtelos todos los días durante nuestro largo y feliz matrimonio.

Aquellas palabras dejaron a Layla completamente atónita.

—¿Quieres casarte conmigo? —le preguntó con incredulidad.

—En cuanto podamos. No pienso dudar en pedir algunos favores si es necesario para conseguirlo. Te lo prometo.

—Hay una cosa más que me gustaría pedirte.

—¿De qué se trata?

Layla notó que, en aquella ocasión, Drake no parecía a la defensiva por lo que ella le pudiera preguntar.

—¿Considerarías que tuviéramos hijos?

–¿Me creerías si te dijera que cuando me di cuenta de que podría haberte dejado embarazada consideré pedirte que siguieras adelante y que tuvieras al bebé? Cuando me dijiste que habías tomado esa píldora de emergencia, me sentí como si se me hubiera arrebatado una increíble oportunidad de algo que ni siquiera había sospechado hasta entonces que era importante para mí.

Layla apenas podía ocultar la felicidad que sintió al escuchar aquellas palabras.

–Me encantaría tener un hijo tuyo. Sé que serías un padre maravilloso. En ese caso, supongo que debería aceptar tu proposición, ¿no te parece?

Layla no tuvo oportunidad de decir nada más. Drake bajó la cabeza y la besó con una pasión que no podría saciarse hasta que los dos capitularan a la desesperada necesidad de estar aún más juntos. Una necesidad salvaje y apasionada que Layla esperaba que formara siempre parte de su matrimonio hasta que los dos fueran muy ancianos.

Isabella Williams hubiera reconocido esos zapatos caros y esa pose arrogante en cualquier lugar. Después de tantos meses huyendo, Antonio Rossi la había encontrado.

Aquel viejo anhelo volvió a surgir de la nada, y con él regresó la sensación de arrepentimiento. Por culpa de un error jamás volvería a besar sus labios… Pero las cosas habían cambiado. Había otra persona en quien debía pensar.

Tocándose el vientre, Isabella se preparó para recibir el azote de su ira.

Antonio trataba de enmascarar el verdadero motivo por el que había ido a buscarla, pero todo estaba a punto de dar un giro inesperado…

HARLEQUIN *Bianca*

Susanna Carr
Secreto vergonzoso

Secreto vergonzoso

Susanna Carr

Deseo

Semillas de deseo
ANNE OLIVER

Cuando Ellie, una humilde jardinera, conoció al multimillonario arquitecto Matt McGregor en un bar, ambos se sintieron atraídos de inmediato. Los ojos de Matt la hacían olvidarse de traumas pasados y de todo lo que había aprendido en la vida para sobrevivir. Matt irradiaba seguridad, pero tenía la palabra "mujeriego" escrita en la frente y Ellie decidió poner tierra de por medio.

Hasta que al día siguiente descubrió que iba a ser su nuevo jefe. No solo era peligrosamente sexy y atractivo, sino que estaba decidido a conquistarla. Y Ellie no tardaría en descubrir que toda resistencia era inútil.

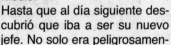

¿Seguiría siendo una chica buena?

¡YA EN TU PUNTO DE VENTA!

Atrapada entre el odio… ¡y la pasión!

La heredera Bella Haverton estaba furiosa porque su difunto padre le había dejado todo a Edoardo Silveri: su hogar familiar, su fortuna en fideicomiso y, lo más irritante de todo, el derecho a decidir con quién y cuándo podría casarse. Bella estaba empeñada en liberarse de esas cadenas.

El plan de enfrentarse a Edoardo se le fue de las manos cuando descubrió que el problemático chico que adoptó su padre se había convertido en un hombre autoritario, enigmático y dotado de un letal atractivo sexual. Mientras su cabeza luchaba contra su traicionero cuerpo, Bella decidió que había llegado el momento de desvelar los secretos que ocultaba aquel hombre.

HARLEQUIN *Bianca*

Melanie Milburne
Entre el odio y la pasión

Entre el odio y la pasión

Melanie Milburne